邂逅

我的春天

辰啟帆 著

月下獨飲

理由可以編織
但結果只有一個
一個月光釀製的微醺
是醉心的癡情等候

等候著沒有初戀的酸楚
誰懂？
或許酒精是懂的
懂得麻醉幸胡思亂想

爆料者持續說故事
科幻的穿越劇情
去尋找李白詩裡的秘密
裡面藏著靜夜思的靈魂

一個人　不孤獨
舉杯　月影成三人

辰叔帆

無畏無懼迎風前行，終使美夢成真

　　「永恆不可得，剎那即是永恆」，這是常用的語句，套用在風的身上也是合理的。結尾相遇是一種幸福，和偶然相遇，你會遇見永恆，那是腦海裡停格的畫面，畫面裡播放著青蔥年少的靦腆，心跳加速的仰角，90 度讓回眸紅了，180度讓記憶熟成了，360 度我們又回到生命的初衷，逐夢、築夢——從遇見開始。

　　新詩具有彈性、自由度高的表現形式，也是風喜歡表達心情的方式。喜歡它，你會進入自己的夢幻中，自己的畫面裡，陶然自得。自得其樂是一種坦然，坦然面對這世界，在方圓的小天地裡，細說風花雪月，閱讀雲深雲淺。

　　新詩是燈火、是星辰、是真性情、是藝術。藝術就像魔術一樣，魔力是魔，渲染了夢想世界，夢想的彩虹，因為彩虹、因為詩，溫潤了生命，轉身後，四季分明。

　　天空中沒有華麗的文藻辭彙，地表上沒有慷慨激昂的劇情，風追求的是一種自然簡單的味道。日常的生活感觸，圍繞著簡單的元素，風傳遞的是一種心情溫度，對自己的夢境，對情感的幻想。這些單純想法、意念、情感訴諸於淺顯的文字間，把這些點點滴滴集結成冊，完成天空中星光的夢想拼圖。

　　抓住躍動的影子，剪裁屬於自己的風格，為夢想找個家，讓它在某個階段裡就有個句點。

趁著筆尖尚留月光的熱度，傳導著通俗和甜膩，無妨，咀嚼有時得分個段落，喝杯茶，再來或許更有味道。編織總是要的，總是自己孵化的東西，一個心願，一個交會點。風雨有的，好壞有的，前進總能抵擋風風雨雨。

是什麼的燈火，讓我如此心醉？
是什麼的星辰，讓我如此迷戀？
是什麼的性情，讓我如此感動？
是什麼？是誰？
誰給我幸福？自己。
誰告訴我雲往哪走？自己。

生活生命的縮影，濃縮在這本冊子，裡面有我的感情面相，累計了無數歲月年輪，雖然遲拍，秋還是到來，帶來一望無際的金黃稻穗。和風討論後，我覺得要——做自己，風吹了口哨，向前，無畏，無懼。

辰啟帆 謹識

細細品茗新詩，使心情回甘

　　起源於公司同事，因為一見如故，結緣至今。認識「德啟」近三十年了，卻從沒有聽他提及出書的意願與想法，這次突然找我寫推薦文，讓我既驚訝又惶恐。因為據我所知，「德啟」認識許多教授、校長、主管和朋友，但卻都沒有找他們撰寫，在此十分感謝他對我的信任與尊重。驚訝的是，他出了一本和自己工作專業領域完全不相關的書籍；惶恐的是，我尚未有幫人寫過推薦文的經驗，所以閱讀後思量許久，才得以下筆。總之，先恭喜他可以完成自己的夢想。

　　陽光灑下金黃幾何線條，窗外涼風穿梭在記憶中的磁軌，尋找屬於自己心靈的歌聲。現代詩，在現今社會仍屬小眾，很難贏得大眾青睞，作品除了文青和同好者外，較難引起大眾共鳴。一部作品乍看來也許不怎麼樣，但卻是作者凝聚孕育了風寒夜露的心血結晶，才能孵化出綿綿不斷的情感。因此創作者需要一股極度強烈的熱誠、恆心和毅力，才能支撐自己的夢想前進，才能讓夢想成為白紙黑字，也佩服「德啟」這幾十年來可以堅持走自己喜歡的路，恭喜你終於完成屬於自己的作品。

　　現今科技、資訊快速流動，生活的壓力常迫使人們腳步變得急促，雖人手一杯咖啡，但仍很難靜下心來，情緒疊加後常無處宣洩。然而閱讀總能啟發新的思考模式，帶來不一樣的智慧成長。找一處靜靜角落，一杯茶，一段句子，陽光

灑下，讀一篇新詩，令人心曠神怡，咀嚼人生點滴，讓人口齒生香。相信在本書作者精采的文字底蘊下，可以引領讀者們進入文青築夢時光，領略文句之美，同時也能舒解壓力，讓心情線條轉換成柔美浪漫的曲調。

本書特色為詩文並陳，由平易語句構築的舒心散文，有畫龍點睛之妙，兩者相輔相承，總能串聯起讀者心海裡的浪花、濤聲。唯本書因內容頗為豐富，且新詩屬文句之濃縮，不若小說、傳記類可以一次大篇幅閱讀，因此建議細細品味，不要急於速速讀完，咀嚼再三，這樣才能細水長流，如同品茗，味道會回甘、心情會回味。

會有一首詩的時間，輕輕吟唱，如沐春風；會有一篇文的時間，慢慢歌頌，如浴冬陽。讀完詩文集，個人覺得它是一本耐讀的優質好書，值得一再回首。藉由書籍的發行，能讓閱讀抒情擴充到無限的可能。最後，也希望有更多人可以喜愛這本書，在浩瀚宇宙裡，會邂逅自己的光，遇見生命旅程中的許多春天。

新樹集團副總經理
台灣凱景實業管理部協理

於高雄小港

目錄

藍色東海岸

三個浪花過後
眼神已無跟蹤轉身的泡泡
看著前方的海
歌聲回心轉意嗎？

地平線下的深邃眼瞳裡住著背包客
裝著神秘的生物課本
——比對非在夢裡的七彩魚
用最自然的姿勢

海風鹹鹹刷了好幾遍剛記憶下的魚
魚尾是 0 與 1 間的擺盪
中間值有個停不下來的動平衡
那是延續著風景香火的常數項

眼神繼續直播東海岸下午場
雙耳分離式的傾聽著深藍色蜜語
右邊的深情　左邊的溫柔
交會著無法言喻的舒心弦律

用熱情迎接夏，蘇花，藍色公路。尋找日常沒有的感動，有些美景你必須親訪，不用網路，不用媒體，用眼睛，用心。或許只是耳邊響起的旋律片段，經由 100 個彎，100 個起伏，會串起陽光的迤邐翩翩，會織成湛藍的記憶波浪。

晴天，近午，光影在幻想中穿梭。鳳凰樹，鮮豔的赤子之心，橘紅的嬌嫩，開了滿滿的青春物語。離開了第一個上坡，第一棵鳳凰樹，車窗外，遠方的好山好水好輕鬆在等待，等待腳步和呼吸隨著蜿蜒曲折的山路前進。一面靠山，一面臨海，前人的篳路藍縷、鬼斧神工，雕鑿著象鼻斷崖，雕鑿著清水斷崖，雕鑿著雄魄驚心的壯闊山海美景。在光影穿梭的時間隙縫裡，向前看，錦文隧道的外側，有著數不清的藍，藍得讓人忘記了剛剛隧道裡的憂鬱線條。

百年來，問題一樣解答不同，要拐幾個彎道，才能遇見夢中的彩虹？探訪著舊蘇花的秘境故事，峭壁的日記簿裡，記載著頻頻回首，那忘不了的深情畫面，那藍色海岸，繼續延伸著記憶深度。

秋之欒樹

黃花如雪是事實
那勾動魂魄的悸動
已然鋪滿路肩
風起，雪花紛飛
那似曾相識的月色
已翩翩起舞

舞動掛滿風鈴的秋
叮叮噹噹彈奏著深情
打動城市裡的固執
響起繽紛款款

或許深情無法用時間來測量
那麼即便是夢一場也要去尋它
千百度的思念頻率
或許會有一絲的偶然
雪是真　夢是真

台灣欒樹，隨時空交替，以前隱身山林中，現在如同鄰家男孩，就矗立在每天經過的人行道上，一上台就高歌「秋來了」，讓路過民眾聽得如癡如醉，紛紛隨著他熱情，時而高亢、時而低柔的嗓音而意亂情迷。

花開花落，見證時序的更迭，陽光的線條柔美些，風的氣質溫潤些，種種跡象都在暗示我們，拉高散步的頻率，用心感受著黃花似雪的浪漫風情。今天，風只有一個方向，將雲送交給仰首佇足的旅人，也輕輕將銅鈴搖晃成一個夢，夢拈著那熟成的琥珀色，用深情的聲線，細細的訴說著──

一個佇足，一段故事。

一百個笑容

在藍與綠之間
一種粉嫩相思
似乎寂寞才能看見
那剔透的語句
灌溉，不分顏色
你說，呵護需要一百句問暖
我說，美感需要距離的堆疊

在相聚與別離之間
一種科學理性
似乎無法推導情感
這連心的糾葛
割捨，沒有界線
你說，用愛擦乾眼淚
我說，去追風，不要停

我認真地數著追風的日子
60 度的陽光
在藍綠畫布間
緩緩折射出一百個笑容
我相信

夢想糾纏著現實，安靜的空氣裡有股難以自容的不吐不快，雲層內波動著疲憊，愛情持續遲到。賭氣的烏雲，需要強風才能吹散，等待是現在的狀態，期待風轉向、風轉強，把烏煙瘴氣、PM2.5 一掃而光。

癱瘓沒梗的笑容，什麼樣顏色的笑容才能滿足內心的渴求？櫻花的想法包裹著春心，春心發了，用數大的粉紅花蕊包裹樹幹。四季輪迴中有彩虹，彩虹中有我喜歡的紫紅顏色，那是我在你的眼瞳裡的愛慕。白，純潔的心靈；白，黑的對岸；白，讓生命可以畫出不同的色彩。而歌聲也嘗試著不同的顏色，描繪出人生豐富的情感畫面，溫馨動人，撞擊在眼角淚線處。

傍晚，天際泛起紫紅色的微笑，從這裡向彩霞逛去，騎乘腳踏車，迎微風、迎快意、迎笑容。笑容，不用趕拍，用 100 個微笑串起一個夕陽，溫暖僵硬的腦袋瓜，笑容是自己對人生承諾的支票，我將用歌聲一一去兌現。

茶香

開始於一秒的眼神交會
怦然心動於杯中的身影
優雅又夢幻

如魚得水似的雀躍
盡情的舒展與放鬆
味道無處可藏

回甘是有的
自從味蕾變得刁鑽後
神經難以麻痺腳步

回味是有的
無法抽離的舌尖餘韻
我　只好繼續被你俘虜

陽光不明白覆水難收，事情打從太古就這樣擱置著，雨，剪不斷理還亂。下雨的時後，閉上眼，聆聽你那濕漉漉的心跳聲，忽快忽慢，緊緊繫著那熟悉的喘息，起伏的脈動裡，尋找那藏匿在記憶盒內的悸動，專注的無法疲倦。浪花淘盡遺憾，那一枚驚奇心顫，至今尚未出現。包袱有蹤無跡，來，現在，泡茶，守候微笑。

一杯茶，一個人，一個完全屬於自己的星期天午後。空氣隨著放慢的呼吸而鮮活，筋脈隨著茶韻的釋放而舒展。放逐於冥想的世界，渾然不知的宇宙，時間只是過客。慢活須要慢工的煎熬，一個人，一杯茶——

「道可道，非常道，名可名，非常名。」

小琉球

一恍神
錯過了表白的車站
無法複刻的悸動，那怕是一橫一豎
空氣翻攪著思念，無助又難以靠站
於是船成了替代方案

夜幕降臨
時間沉澱了藍，蟬翼似的通澈
讓閱讀大海不再變得單調
沒有缺口的地平線
有著無法言說的愛，你懂得的

照映的星光在海面上靜靜搖曳
海岸線條平靜迷人
這一刻心事適合交換密碼
你還有話跟我說嗎？
不要官方用語
用心

你如果說要我留下來
我會在心裡留下摯愛的位置
給一片深邃冰晶的藍
你說是什麼樣的海讓我沉醉
是小琉球的藍
我無法言語

小琉球位於南台灣西側，面積約 6.8 平方公里，那裡不大，但卻有湛藍的海水和美麗的珊瑚礁，往往吸引許多遊客前往遊覽與佇足。

海，往往令人心曠神馳，一望無極的視野，沒有邊際，忘了世俗拘謹，忘了跟工作打交道。

藍是晴朗，堅決地維護著笑容。藍是安靜，安靜地訴說著無疑。藍是固執，固執地守候著寂靜。少了分岔的心，藍，成了領略浪潮聲中的精靈。

或許似是而非，會是似曾相識的因緣，有些事，來了你才能明白，明白其中的不明白。

海，尤其是小琉球的海，有個全周的缺口，讓我永遠填不滿，填不滿幸福，於是我會持續地，持續地來訪，來訪這裡，肆無忌憚地說出心中的那片藍。

九份

持續追蹤山城
光圈 2.8，時間 5 分鐘
探索九份的白，從黑夜開始
思緒無邊無際地蔓延下去
從地球到冥王星
幾億光年的穿梭
也找不到源頭

經過大光圈長時間的媒合
五線譜上跳動的食譜音符逐漸清晰
魚丸、芋圓、草仔粿、綠茶圓、紅糟肉圓
敢點，你就不再悲情

礦工飲的酒已不復見
現在人，持續微醺於九份的山景海景
城市持續翻轉
阿妹茶樓，拆掉，少一味

流浪很久很久的思緒，終於要回頭
在驀然回首的一瞬間，掛上驚嘆號！
昇平戲院上演著舊情綿綿
戲夢人生
九份不再是九戶人家

喜歡九份，至少能說上九種以上的理由，包括獨特舊式建築、礦坑、無敵的海景、好吃的芋圓、夢幻般的夜色、懷舊的氛圍、豎崎路⋯⋯等等。一來這裡你就會驚豔，驚豔它有一股讓人想忘都忘不了的魅力。所以，快門一按就停不下來，曝光只為回憶留下空白，可以填入一望無際的美麗點子。

九份因為金礦而興盛，也因礦坑挖掘殆盡而沒落。而之前因電影《悲情城市》一片，又重新賦予它新的生機。就如同從白天到黑夜，時間滑過了十個指尖，燈火從山腰到山巔串起點點星光。屈指一算，是該開始尋找生命之夢的時候了，尋找，就從阿妹茶樓逗留的背影開始，從太熟悉的夜色裡輪迴。

如同限量版的郵票，蓋上舊情綿綿戳印，日期是某年某月某日，一切源起於九份的驚嘆號，風景有多美，來了便知，九份不僅僅只有九種風情，可遇也可求。

口香糖

打著清新的招牌　沒想到
一嚼竟上了癮
揮不去　戒不掉
這個清新的招牌

指針劃過數字回歸 12 的圓滿，風箏裡風的掙扎，急欲掙脫纏繞於手中的牽手線，幸福嗎？墜落了，揚起了，一生的糾葛，咻咻咻，眼瞳記憶著矇矓，沒有清楚的地平線，沒有夢幻般的熱切，空氣中有著自言自語的嘀嘀咕咕。

引述逆風減速，煞車於沒離開過的影像，倒帶後的離不開，有著濃郁的情愫，情愫裡住著淺淺的微笑，嘴角上揚的弧線，可以承接一組的甜蜜幻想，會有二首歌的時間長度。

彼此相望，是什麼樣的騙局，才能騙不了人。初見面的熟悉，是一種無法形容的粉色系，紅白相融的畫筆裡，有著肆無忌憚的笑語，掛在全視角的美人樹中。晨曦嚼一嚼，冬季裡的青春招牌，來自於粉嫩的美人樹花蕊，孕育著無敵的泥土芬芳，浪漫在枝椏上築巢，這味道，戒不掉。

我和秋獨處

喋喋不休的秋風
落葉只是變調的序曲
飄落著　飄落著微微的寂寞
那是擋不住的糾結

上了弦的霜風
楓紅只是變妝的告白
透露著　透露著濃濃的思念
那是關不住的確幸

喜歡秋，秋的靦腆
那是我熟悉的點點
可以暈染成一大片的寵愛
喜歡雲，雲的嬌柔
那是我熟悉的朵朵
可以拼湊成一大片的呵護

每年的 12 月是我和秋獨處的時候
捨不得讓佔有分了岔
這是個自私的奢侈
奢侈成一脈相承的藉口
藉口蛻變成楓紅的翅膀
療癒疲憊的夢

風塵僕僕，就是為了這一味，那情緒堆積滿滿，如紅葉般的醒目。第一片落葉是秋風低聲吟唱的樂譜，之後，數不清的旋律會隨著落英繽紛而埋葬，埋葬寂寞，而後蛻變為思念的蝶，飛舞在濃濃的秋意裡，尋找一個面向「π」，是個無理數，是個圓，是哲學，是秋季的已知與未知。

落英沉澱後，厚厚的不是心事，是為鋪陳出下個拔萃的璀璨。秋，每走一步，思緒就填入一次浪漫，累積千千萬萬步，彷彿生命會長出嫩芽，青春在耳際旁輕輕吟唱，歌頌紅葉美麗身影。對於「π」無理的追求，一切源於 12 月，我和秋的獨處開始。

宜蘭自由行

看浪花的時候
眼前飄來朵朵的向日葵
蘭陽博物館的玻光　有著蒼狗悠悠的身影
藍天白雲隱約見得到龜山島的鯨豚
開心又雀躍

泡溫泉的時候
吉他傳來陣陣的思鄉曲
傳藝中心的拍子　慢條斯理地敲打著
黑膠唱片隱約聞得到三星蔥燒的味道
濃郁又醒胃

想念浪花和溫泉的時候
一個背包，一張悠遊卡
輸入宜蘭，畫上等號

帶我去旅行。過了雪隧，顏色有了溫度的靈魂，熱情的紅、黃、藍用最單純想念，張臂歡迎旅人來探索今天的未知。走入蘭陽博物館，歷史縮影就復刻在這單面山為幾何的造型裡，外牆音樂響起韋瓦第小提琴協奏曲「春、夏、秋、冬」的主旋律，音樂刻劃著蘭陽四季的各種風情。

傳藝中心裡的時間慢了三拍，這個段落，適合緬懷過往的點點滴滴，點點滴滴疊加成無盡的思念，思念會幻化成走過的足跡，清楚又難以抹去。三星蔥的好味道，最能勾起母親水洗蔥白的洗滌聲，這會讓眼角的濕度增加，難以忘懷卻又怕失控。因此，溫泉是消除旅人疲憊的生命之泉，你聽見了沒？最美的活絡筋骨主旋律，正在心中響起，正在宜蘭的礁溪響起。

口

一個人一張嘴

二個人四張嘴

三個人九張嘴

許多人無數張嘴

談論結果談論結果談論

結果　沒有結果

夾在你他之間卻不等距，忘了時間的距離也忘了我們的
交談，空氣阻力化解新來乍到的尷尬，失味的走鐘語
法，夾帶些戲謔性的口吻。多的是人，人多的是意見，
沒有結論的夢想，是生活中一再上演的插曲，不變的
是，天花亂墜終究無法扭轉普世價值的黑白鍵。

和風的交談忘記紀律，忘了掙扎的心情需要掙脫的果
斷。斷捨離，焦距模糊的空間裡，有著不打不相識的場
景，面對不願面對的翹翹板角色，得防範二線角色的反
作用力。

減去逆光的負面情緒，參與三視圖上中的對話情境，等
角涵蓋了陽光的熱情，會融化延宕許久的變色徵結，會
忘卻時間留下的皺紋，真相總會在退潮後出現。

依偎慵懶的空氣，二線角色不能佔據今日太多時間，沒
說的遇見永恆，就留給路過的旅人去探索，去解密。未
曾相遇的結論，刻個圖章，蓋在期待的右下角，未來正
在進行中。

柿子紅了

溫度下殺 15 度
一夕之間
山巒紅了頭
關不住的戀慕就在秋色之中

你的青我的綠　就像那指針
隨著溫差左左右右
指針歸零的那條線
是短暫的動平衡
唯一可以自慰的是　有熱度會微笑

不必鉅細靡遺
風與楓已忘了交往的細節
陽光模糊了心事的經緯線
白雲在眼球裡閒逛著
柿子紅了
甜得讓人忘了荒
喔！
天涼好個秋

依稀記得，今年的第一道鋒面劃過了北台灣上空，來不及準備外套，心頭一驚，山巒已迅速變裝，迫不及待地迎接秋，迎接秋的到來。

走入秋的世界，楓葉，每次都用原創的彩筆揮灑這一季的光芒。時間持續考驗著折服與讚嘆，許多俳句會不斷地從腦袋裡翻閱，仔細研讀細細推敲，細節總藏匿在時間裡，那細細分秒的指針，刻劃著雋永的心跳，每跳動一次，會喚起一段回憶，一段生命中難以抹掉的雋永。

為了追蹤你的眼神，於是將世界劃分了經緯度，定位是為了每秒 120 格的天堂影像，紋理、氣色、神采，秋的細節都可以感受到，感受到 0.1 度溫差的美妙。種種你想像不到的好久不見，變得歷歷在目，清晰又動人。秋，上演著前所未見的春天，神采飛揚。

柿子紅了・31

海

冷不防一支暗箭

射向山頭

北極漩渦

眼　藏不住喟嘆

潰縮下的海有著豁出去的瀟灑，收不回的眼淚

守候鍾情的 10 秒，凍藏靦腆的神韻

歲月 85 折，年輪 50 迴圈

影子跳一跳，動一動

饑餓地撲向

海

海，一望無際，一望無際的海。海波浪捲起一堆記憶，停格在一大篇幅年輕的不拘，縱然是波濤洶湧——無懼，路只有一條——向前。

隨著旅程的顛沛流離，冷風恣意襲擊夢想，有時候也不得不彎腰低頭，這是生命，也是必需承受的淬鍊。智慧不見得越長越高，遲暮卻是一刻不停，海風與記憶互相競逐著浪花，刻意選擇湧入甜蜜的那一段泡沫，入口綿密，暖意會驅散憂愁的情境，保持不屈不撓，就會有好事發生。

潮起潮落，浪花人生。思念無法分割出去，靜心、淨心。逆光刺眼但卻能拍出晶瑩亮點，海水一方，無人角落，我與海分享心中話語，長時間的琢磨浪花姿態，旅人休憩著，鏡頭卻不停歇，因為，每片捲起的浪花下，都深藏著幸福密碼。

秋

溫度溜滑梯似的，因為秋
曾經有過的浪蕩不拘，冷靜後
有種內斂禪定的底蘊
熱情被風馴養後
夢想顯得平淡無奇

陽光錯落的午后
閃爍著逃脫的光芒
尋找楓裡那片秋的紅唇
一吻　醉了山色紅了眶

裸空的時光裡
鑲嵌刻意的慢步調
放下曾經壅塞的記憶片段
細細打磨紅葉的肌里

時間慢慢感光出暖意
翻拍出遺忘的曾經
分針不再躊躇
楓葉將故事的舞步一一重溫

溫度打翻了調色盤，山林一下子覆蓋了紅澄澄的顏料，
自然地，自然地讓秋穿上了華麗的外衣，讓快門聲一直
響不停，讓眼睛溫度一直攀升。

視角調整到天空，一片的藍，深邃的藍，藏匿著彼此的
心事的藍，不肯透露著圓舞曲裡蕭邦的編號，3/4 節拍
的旋律，有著舞步裡不能說的秘密，溫度升上 C 小調，
透亮的楓葉，「幻想即興曲」的步伐，有著舞步裡不想
說的秘密。

不願翻閱過去的躊躇，往陽光輕瀉的小徑走，有隱藏版
的秋光乍現，色彩繽紛的剪影，鋪印著深深的嫵媚飄
染。抹不掉的美麗紅唇，像一杯紅酒，沾上了秋天裡發
酵後的楓，醉是浪漫。

秋
·
35

背影

這種陽光　街上沒有
這種空氣　室內沒有
我在芬多精的森林中迷了路
忽然想起
遺忘　是微微的，微微的感傷
卻也是　微微的，微微的幸福
森林中的麋鹿，我遍尋不著
只好循著迤邐陽光透露的些許線索
抽絲剝繭空氣中遍尋千百度的味道
菸草、咖啡、香奈兒……
我來回穿梭於迷幻交織的夢境裡
忽然想起
那個　微微的，微微的感傷與幸福
如　想像的背影
味道最美

物質的聲光娛樂，成就了經常窩居在家。虛擬世界、cosplay 的角色扮演，儲存了百病。有了雲，藍天不再憂鬱，有了你生活多了溫度。心情上了接駁車，脫下懶散換上適度強迫，開朗的藍，塊狀的雲，我來了。外出透透氣，散散心是治療文明病的好方法，於是往青山綠樹的森林走，尋幽攬勝不啻為好選擇，走著走著卻迷了路，才領略——適度的遺忘也是一種幸福。

幸福的味道，有時來自於周遭的人、事、物，有時來自於淡淡感傷與回想，這個意向或許是反差對比而來，當你意識到、看到鏡面中自己內心的輪廓與清晰的心跳聲，不管走到哪裡，它都會跟著你，陪著這身皮囊。所以當林中傳來了蘇軾的「莫聽穿林打葉聲，何妨吟嘯且徐行，竹杖芒鞋輕勝馬，誰怕？一簑煙雨任平生。」曲調，每走一步都是穿越時空的畫面，都是美麗的背影。

木棉花

腰桿挺直矗立路旁　有著
躲藏了 3 季的橘紅色系
在春風裡的 28 度觸媒裡
觸發春霧渴望撥雲見日的曾經
挑逗木棉開了花
從心電圖裡找到愛的悸動
花了五首歌的時間
佇足掉下來的層層記憶
溫習順理成章的遺忘

春風連結糾葛不清的關說
說服我再用五首歌的時間
去探究木棉花開語意
橘紅是一種病
沒有得這種病的人
無法體會理解悸動的美
木棉，想追蹤春天的花絮
我則想在橘紅色裡
沉溺樂音

春，一直是我喜歡的季節，故事性是今春的特色。故事的黏稠度隨時間累積而濃郁，層層疊疊的憶像，彷彿被煙嵐擁抱，模糊中的夢境，感覺那麼真實又那麼抽象，除了記憶的彩虹，還有我喜歡的澄澈琥珀色。

無法忠於運動，腰背背叛了我。無法忠於放鬆，黑髮背叛了我。太多內心的承諾，交戰總傷及肝脾。拖不動櫻花的節拍，拉大空間來交換想法，或許跟著自然風的導遊，會是起心動念的律動，會是勾魂動魄的清唱，悠悠蕩蕩，渾身難皮疙瘩。有了懸念，記憶會斷片，縫補受傷的寂寞，需要讓繁複走入歷史。木棉道的首班車緩緩開啟，那是今年春天的主角，像是綻放青春的熱情步道，將憂愁燃燒殆盡，輕風吹過了木棉樹梢，掉落的花瓣會是幸福重生的種子。

秘密最美

晚霞退場了，留下一夜的黑
你說　今晚　黑就好
可以允許許許多多的悲傷
可以允許許許多多的寂寞
可以允許許許多多的幻想
幻想在騷動著夢
搔到記憶中的癢
攔不住的想像　無法停格
於是我將儲蓄一輩子的青春
買了一夜卷
將去探索愛情的源頭
線索　就從今晚的八卦開始
流言擺盪在終點與起點之間
那一句才是真心話
無法透視月的心
猜測總讓人傷痕累累
你說　今晚　黑就好
沒說的　秘密最美

有些事需要直白，有些事需要隱諱，沒有一定的規則，也沒有必然的鐵律，順著感覺走，劇情總有不同的起伏轉折。白晝退去了光和熱，黑夜迎接了星和月，寂靜的夜空中，滿是悠悠揚揚的音色，其中包括了許許多多不同愛的音符，愛的三連拍，等待有緣人來尋。

愛是什麼？握不住的歲月又有多少百分比的青春？白髮下的腦海仍深藏著青春的憧憬，追逐總是要的，哪怕流言刺傷，為愛也要奮不顧身。選擇與被選擇，這個問題一直存在，存在矛與盾。有人說跌跌撞撞的人生最美，撞出火花，點燃著白髮下那蕊清光，總能誠實面對著滿身的傷痕累累，這是故事，曲折才能動人。放下了執著，關上了唇，有些事不需解釋的，這是秘密，擺著就好。

秘密最美．
41

國境之南

油門一踩，故鄉的背影漸行漸遠
沒有留下隻字片語
我來了，國境之南

少了蜚短流長，天空越來越藍
忘了與工作約定，時間越走越慢
海浪拍打著雙足
抓不住這段浪花
泡沫來匆匆去無蹤

島南，海角七號已不復見
呼吸陷入深深的海水中
熱帶魚忘了自己是風景
賞心悅目

陽光笑得燦爛，讓我們一起去旅行。

跨出了家門的第一步，不要回頭，你的方向只有一個，國境之南，目的不要設定，哼一曲月琴就對了。屏鵝公路右邊是湛藍的台灣海峽，藍得讓人離不開視線。左邊有強勁的落山風，吹得我心花怒放。未曾謀面的海角七號，會是什麼樣貌？寄不出去的七封情書內容又是什麼？一連串的問號將串起我長長的好奇心，引領我進入探索恆春之秘。

浪潮聲，迎面襲來，夕陽餘暉輕盈散步在天空，遠方，耳熟能詳的汽笛，響起滿載而歸的喜悅聲，我隨著情侶的倩影漫步南灣的海灘，眼睛定格在七彩斑斕的雲霞，一大片的美景，腦中的記憶體容量已明顯不足。隨著夕陽西沉，一片黑延伸至遠方，看不見月亮的影子，走錯方向嗎？猶豫佇立了一會兒，耳朵東方傳來《野玫瑰》歌聲，回過神，原來，「男孩終於來折它，荒地上的野玫瑰」。

探訪五月雪

下雪的時候，閉上眼
聆聽那落英繽紛的心跳聲
快慢錯置，緊緊搖晃著那熟悉的光影
尋找那樹林間音箱的共鳴記號

踏雪尋夢，欲罷不能
深處深處，無法從從容容
林間交雜著喘息聲
美景美景，非一蹴可及

卸下錐心泣血哭腔
改編成劈腿的小三情節
這一味，有亮點有收視率
尋幽訪春，欲罷不能

中了五月雪十面埋伏
時光席地而臥，閉上眼
雪花滔盡心焦
來無影去無蹤

五月的油桐花開滿台灣山林，白色花瓣隨風飄落，曼妙身姿猶同舞者翩翩起舞，其美麗景象如同下雪般的浪漫。

許多人都看過武俠片或武俠小說，劇情裡刀光劍影，人物的飛簷走壁，武功高強，充滿天馬行空的幻想世界，填補了普羅大眾空虛的心靈，也算是一帖良藥。

現在，想法有點睏了，不要用疑問句，直白就是好的選擇，讓捕手手套發熱的快速直球，往往更能感染眼框的溫度。未來是一個問號，卡關之後，別忘開燈。春季出遊，踏雪尋芳的心境，未來看不到摸不著，一切的未知與未知，會激發出人們越往深處探索的欲望，一旦踏入夢境，卻發現深不可測，此時彷彿中了武俠小說裡的十面埋伏，唯一可做之事，就是卸下心防，因為武功的最高處，是無欲則剛，無也，則無影無蹤。

和時間一起纏綿

幾個波過後　感情開天窗
迎向碧海在蘇花路
說好了嗎　和風一起看海

迴避城市音頻
迎向透明在靈魂處
說好了嗎　和心一起看魚

左上方的白雲
右下角的湛藍
框起絕美的海岸線
水晶球折射微笑的光

山崖邊的髮夾灣
擁抱著海浪的回聲
繼續著放鬆的交易
說好了嗎　和時間一起纏綿

舉起風景立牌，我們來拍照，記錄放鬆心情的第一章第一篇，藍綠共存。路隨著山形彎彎曲曲，海隨著波浪層層疊疊，歌聲隨著柔風輕輕吟唱，心情隨著陽光晶瑩剔透。

呼吸著不吐不快的口氣，空氣中瀰漫著共鳴的聲音，會震動心頻，那無法言喻的噪音有著訴說不完纏綣戀曲。

太陽光，輻射線，有熱度，蒸發了腦中的憂慮濕氣。一張張的彩色映像，會拼湊出旅程的完整，而最後一頁的留白，需要文字的結語註記心情的感受，才會使得生命更豐富完整。我用耳朵數著海浪的節拍，像是不變的情侶，重複著，咀嚼著愛戀的滋味，風繼續地閱讀著深情款款，碧海青天，定格中。

感情線持續延伸，累加忙碌中的好山好水好風光。蘇花公路，有著一刀一斧的篳路藍縷，捨不得的離開步履，捨不得的離開幸福，踏著清晰可見的歷史刻痕，一條條的時間線，纏繞在翠綠山脈的歌聲裡，別停，和雲朵繼續纏綿。

等一個人咖啡

細雨霏霏
等一個人　咖啡
像一幕無言的電影
無言

長夜漫漫
一個人　等　咖啡
似一種沉默的凝思
偏執

晨曦煦煦
咖啡　等　一個人
如一個溫暖的回眸
浪漫

一張人生的單程票　一張咖啡券
點一杯戀愛的滋味
等一個人　走進咖啡
記憶那無法解釋的味道

感情劃開了烏雲，點滴在心頭。雨，讓我想起了李商隱的〈夜雨寄北〉：君問歸期未有期，巴山夜雨漲秋池，何當共剪西窗燭，卻話巴山夜雨時。雖然已歷經千餘年，但在細雨霏霏的夜晚，點一杯咖啡，看看等待的朋友尚未到來，想必感觸良深卻又無法言喻，這個畫面像一場無聲電影，對白是無言。

偏執翻來覆去，偏執得無法自拔，等待是一整晚的等待。因此，轉念是需要去探險解密的，相信解密後的天氣是好的，天空是藍的。所以顛覆前，是不需要交換太多寄託，療癒跟鼓舞是融化凝結氣氛的神秘配方，所以換咖啡來等一個人，或許時空不變但角色互異，會產生化學變化，得到的結果也會大不相同。

人生是一張單程車票，車子開了就一直往終點行駛，行程中，不如意十之八九，再苦也要點一杯戀愛的咖啡吧，他是伴侶卻又無言，可以靜靜聆聽你心中的大小事。

遇見夢的號碼牌

在冷冽的寒風中尋找溫暖
千言萬語中
找不到一句開門的對白
遇見是等待唯一的理由

風在遠處叮嚀著
記得下載兌換夢的號碼
排隊進入猜謎亢奮
那是療鬱的嗎啡

看著月色牽引著約定
遠處的細語迴盪在心底
聆聽教堂裡的鐘聲
相信是勇氣唯一的見證

在黑暗的天空中預訂儁永星光
將秘密簽名註記
點燃那盞祈禱
施放遇見夢的號碼牌

夜是序幕，黑是孤單，冷是今晚的特色。長夜漫漫，等待是為了什麼？什麼理由都是，什麼理由都不是，滿心期待，就為了一個人見證一件事，那紙多年前的約定，約定什麼，你知，我知。

或許上帝從來是不給答案的，只會給予提示，相信、勇氣——是等待黎明曙光的必備元素。

這份祈禱沒有半絲頸迫，但必須自己去點燃，那是心中屬於自己的號碼牌，也是希望的號碼牌，夢想都來入夢，教堂裡的鐘聲，約定著夢想。

綠島

溫度的起伏不大
熱是這裡的特色，因為島曾被火紋身過
留下了大哥身上的刺青圖騰
龍鳳不再是王宮貴族的權力
只是身陷囹圄，龍鳳有翅難飛

忘了大哥，西北雨洗滌後的晴空
天空除了藍還是藍
海風徐徐吹起一陣愜意
愜意得忘了生活瑣事
忘了旅人的寂寞

海浪褪去工作的疲憊後
愛情要癒合又有了藉口
平價高品質的陽光綠意櫥窗
盡情展示小島靜謐的慢活時光
人文風情唾手可得

哼唱著綠島小夜曲
觸摸著還存在的時間
腳本刪或不刪都不需要觀望
來這裡補拍心靈的缺口
給故事一個完整的落幕

在台東外海的綠島，海底四周佈滿美麗的珊瑚，擁有美麗豐富的海底自然景觀，是潛水者的天堂。早期民間有「清朝嘉慶年間大火焚燒島嶼」之說，最為大眾採信，所以又稱「火燒島」。加上綠島監獄，囚禁過被判處重刑的刑事罪犯，讓綠島也成為「大哥的第二個故鄉」。

陽光灑下，亮點總出現在海浪翻滾時的腰身。火燒島的背景和大哥身上刺青，是野地裡回音的巧妙結合，一水之隔的對與錯結合，海風帶了些濕鹹戲謔口吻。不用擬稿，不用叮嚀，綠島所見的景色與人文風情是思念的鋪陳，重溫湛藍海水、溫柔海風是奢侈的享受。海底下的珊瑚礁、熱帶魚、無邊界的水族館，盡情伸展的快意手足，是在地人抹不去的原鄉情懷。

綠島是海上的船，是心裡的情郎，歌聲隨著椰影、月影傾訴著濕潤的思念，那是大家耳熟能詳的〈綠島小夜曲〉中的插曲。海風一路走來，仍然復刻著滄桑的味道，可以嗅到一絲絲的物換星移及耐人尋味的變化無常。突來的浪濤聲，驚醒了分岔的心，這夜裡的光，是海上的明珠。

看海的早晨

一個人的時候
海風吹來
撩撥心中的弦
1/4 音符的快節奏
哼唱著年少的輕狂

一個人的早晨
海浪湧來
攪動腦中的波
每 5 秒一張的慢節拍
翻閱著記憶中的曾經

一杯咖啡的溫度
抵不住景氣下降速度
海浪喃喃自語
三首歌的時間
訴說著世間事深不可測

一大片的光影佇足
輕雕著沙灘上的細節
閉了眼
我夢見逆境裡的蛙
奮力跳槽看世界

人為了生活而工作，工作是壓力也是必然，必然讓人無法抗拒。接受它，才能放下這一生的拘絆，然而如何與壓力共生共存，考驗著千古來人們的智慧，這需積沙成塔，快慢不得。

為了舒壓，什麼人、事、時、地、物，大夥都能鉅細靡遺地羅列出來。此時、此地、此景，最好是時間都不存在，壓力一切透明，腦袋裡只允許存放著藍天、碧海，只允許收錄著梅花鹿、海裡魚和天際那道彩虹的弧線。然後選個海邊的椅子上，細數著遠方遊客的回眸，再凝視著湛藍的海水，那是一個鏡面，反射出旅人嘴角微微上揚的拋物線，再微分，曲線依舊上揚。

擁吻著期盼

從秋的口袋裡掏出胭脂
把楓塗上紅唇
紅色的印記蓋滿山麓
無法擦掉這瞬間的悸動

將往事濾過　只留下對秋的惦記
將記憶排列　楓紅是思念的首選
你的熱情煮沸了水
沖泡一壺楓香
啜飲一杯　青春在舌尖慢慢回甘

楓葉　印烙著情緒的脈絡
那些碰撞後的傷痕　刻劃著豐富的過去
把心事挖出　將矜持打包
不要被過去綁架

秋風唱了一遍又一遍
聒噪不止的不僅僅是樹影
還有那林間淡淡的雲霧
全是猜不透的迷惘
那是沒有勇氣的徬徨

你的在意　左右我的心跳
秋，用時間妝扮
從分秒裡掏出口紅　擦亮醉心的唇
擁吻著期盼

從你的口袋裡可以掏出什麼樣的東西？胭脂？鑽石？花火？還是一枚勇氣？

喜歡一件事，喜歡一個人，一舉一動會影響著脈搏的頻率。心忐忑不安，要如何表達呢？是直述？迂迴曲折？還是選擇維持現狀？這種曖昧，這種渴望，抒情些，夢幻些，故事往往於虛擬幻想中慢慢成形。或許感情需要碰撞、需要堆積、需要呵護，需要那能夠觸動人心的火花，戀情才能令人印象深刻。

人常欠缺著勇氣，對愛情的勇氣、對生命的勇氣，清楚刻劃著脈絡是美，吻擁著期盼或許是另一種朦朧美，這個取捨有些拉鋸，考驗著秋的智慧。

擁吻著期盼．

57

礁溪泡湯

開一扇門，旅途風景真實呈現
40 度的美人湯不分假日和非假日
總是會讓興奮的與疲憊的
同時歇腳

開一扇窗，水天一色真實凝聚
那卡西的音符不分官員和庶民
總是會讓對立的與糾結的
同時沉醉

微風輕盈漫步
走進月影廊道
喧囂聲漸漸融化
無人角落，一顆星在遠方

霞光紅彩，海風拂緒，俯拾一片黃昏，夕陽是火爐，燒紅了遊客的眼睛。在海風的一角，夕陽裙襬留下一隅，這是情緒的出口處，抑揚頓挫，像一首思慕的人，娓娓道出討海人的滄桑，與自然搏鬥，與自然相處，與自然融合。眼前畫面被時間向後撥了一格，胡同角落的肌理裡，明顯訴說著歲月的痕跡，周圍的身影漸漸凋零，唯一可以保存的是那朵記憶，努力填滿生命的火炬。

溫泉有暖暖的愛意，可以融化生活中的悲憤、傷痛與無奈。隨著那卡西的音樂揚起，穿梭在林間中的精靈，彷彿像著迷樣般的少女，洋溢著快樂氣息。40度的美人湯讓身、心、靈都暖和了起來，氤氳的氛圍，觸發了旅人的多愁善感，抬頭看看夜空，想想牛郎織女，想想滾滾紅塵，我的心既清澈又迷惘，在無人角落。

藍眼睛

隨波搖櫓，起伏不定的月光
濕淋淋的誘惑
引我夜訪傳說秘境
那藍色的眼睛

從風兒那裡聽說，長時間曝光眼瞳
可以沉澱昨日的心情
流浪的眼睛會掉淚
洗滌寂寞的線條

從花兒那裡聽說，飛來飛去的蝴蝶
可以溫暖今晚的回眸
顧內的話語會閃耀
照亮舊愛的城市街角

從朋友那裡聽說，倚偎耳梢
可以聽到明日的想像
隨浪潮拍打海岸肩胛
幽幽藍光佔據你眼中全部的記憶
娓娓說出星光故事
簡單靜謐，毫不隱藏

等待與長時間的約會，讓心情一層一層疊起，讓回憶一層層地疊在海水影像中，這是青春年華的累積，這是與馬祖的訂情之約，就在每年 5 月的潮起第 7 天，在這特別的日子裡，我會用不眠不休的句子守候，守候夜裡風中的承諾。

深夜裡，海浪拍打著礁岩的肩膀。夜光藻喋喋不休，就為了這一大片藍色啤酒海，迎風啜飲，醉臥在情人的沙灘上，點點藍光化身為浩瀚的銀河星空，旅人彷彿置身在 3D 的異世界裡，冥想紛飛，寂寞已成過往雲煙。

藍不是黑，藍是一種幽幽的深情，藍是一種悠悠的浪漫。漫漫海水總能引起旅人的輕盈步履，輕輕地、輕輕地，深怕一不留神，心事就陷入這美麗的藍色星光中，無法自拔。

櫻花

每當溫暖擊退了冷漠
內心燃起了浪漫
想飛就從夢幻的枝椏開始
開始　下起三月的雪
那麼繽紛
也那麼不繽紛

每當軀體拆解了包袱
故事織起了憧憬
旅人的行程就從飄落的花瓣開始
開始　繁櫻一路相隨
那麼掛念
也那麼不掛念

每當陽光編織了笑容
腳步鼓起了勇氣
雪　因為了你而有不同的顏色
顏色中藏著淡淡的足跡
低頭尋找另一種淡淡
發現也許
也許　是那麼的驚喜

寒冷中，氣息尚存，總有一絲溫度，那是生命的勇氣，不滅，總能融冰化雪。三月，初春，萬物從大地慢慢甦醒過來，記憶冷藏了一個冬季，就等待黎明的升起，讓回憶慢慢去冰，春光慢慢升溫，美麗風華會一一再現。生機盎然的大腦，充滿著電力，柔風拂面而來，雪花片片，眼睛按下快門，剎那便是永恆。

向右開始，鑽向櫻花秘境，粉紅初綻的花朵，是今春時尚的開始，千嬌百媚。往下走，艷紅的花蕊，覆蓋鏡頭，快門摻雜暖意，畫素自動升級到 2300 萬，思如潮水。

向左彎入歷史小徑，最原始的白色雪花，矗立眼前，不需修詞編纂，美得像畫，像白話，一聽就懂。陽光讓花瓣更顯晶瑩剔透，聚焦於思緒的重整，理出一條無人小徑，尋櫻也尋幽。

聽風者

怎麼，突然就結束了
像一場無言的電影
畫面純淨，情緒卻沒有停格
來不及抽身，此生已深陷囹圄
今生的這塵埃，是否就是前世那場未下完的雪？

風不停地撫弄著蘆葦的髮梢
童話背影，漸漸地，漸漸地模糊
真實對話，漸漸地，漸漸地清晰

聽風者
細細地，細細地聆聽風在訴說著
那場未下完的雪

冷風帶來了−5℃，今年的初雪就這樣來報到了，白色系
的妝扮，不小心眼睛會閃到光，很熟悉的光影，刺眼又
難忘，像極了電影畫面無言的一幕，無聲勝有聲。

世間事，世間情，進入了凡塵就是糾葛與牽絆，前世的
塵埃羽化為今生的雪，好在有喝夢婆湯，不然，跨時空
的冷冽，會讓人無處可藏。航行在沒有軌道的夢際，那
是純粹的白，純潔地讓人無法招架，無法招架人生路上
踽踽獨行，只因寂寞太苦。

冷風帶來了入冬的故事，給自己一個從來沒有的經驗，
讓風穿梭在童話森林裡，夢裡尋它千百度，將倔強一一
擊破。你的已知，我的未知，需要可遇不可求，或許沒
有或許，風的觸鬚持續地撫弄著雪的秀髮，一切的不可
能變得一切的可能，故事持續地上演著雪花飄落，未
完，待續。

讀雲三遍

今天用心讀雲三遍
風吹起回憶無限
避免傷感　我將寂寞禁足
想你　最怕節外生枝

於是用心再讀青山三遍
過濾被禁足的寂寞
篩選出純粹的青
想你　一絲不苟

雲，讓天空有了個性，有了畫筆，描繪出人們生命的春夏秋冬，天空的結尾是一句詩，有著自然的甜度。

寂靜的時候總會想起雲，因為抬頭就可以望見那婀娜多姿的身影。風也是必備元素之一，適合串串門子，讓雲忙碌著，忙著看看世間紅塵。

世間多俗事，俗人事情多，不意外，風是其中之一。無法免俗的，想念是必須的，但回憶總摻雜著傷感，寂寞油然而生，悲情的元素過濃，咖啡總是太苦。

所以，轉移是一門藝術，這門課修的好，雲淡風清，青山常在，寂寞一撕就掉。此刻，想你會是唯一的音符，那是純粹的旋律，清雋地讓人無法招架。

濤聲

所有的已知未知，是不可告人的 XYZ
微分後的咖啡，有著線性的執著
那是一朵白色的清香
期待遇見另一條的線

熵裡的渾沌，是亂中無序
無法理解的感情波
解題尚需風雨飄搖
大雨過後，見山是山，見水是水

海平線上船影點點，海平面下魚蹤處處
深色的藍，透明的藍，可以傾訴的藍
縱容情深處處
處處深情

一條線解不開 XYZ
站在幽幽的時間裡
我奔馳的呼吸
是濤聲　是海

礁岩記憶著浪的呼吸聲，每年春末初夏的時候，這首巴哈的《G小調賦格》有著深邃迷人的風景，娓娓訴說著海上一起許下的約定。聊不完的五花八門，總有一堂課最用心，就是記錄你的呼吸心跳頻率，總有一堂課最真心，就是畫下你的烏溜溜秀髮細節。離開是下次相逢的起點，分手是為了讓開脫有個台階，下一站會更好嗎？海為已知和未知留下周而復始的波浪，風撩撥海的裙擺，迷人的波浪，窒息的弧形，開朗的呼吸，隱藏著已知和未知的謎與夢。

砂灘的臂彎，停靠著遊遊蕩蕩的心情，夕陽餘溫蒸煮夢的戀情，戀情在燃燒，紅了記憶中的白鴿，飛，飛向海洋的另一端，和晚霞交換心情，流浪的眼袋中有迴向的伏筆，輪迴中有彩虹，彩虹有我喜歡的紅紫顏色，我在你的眼瞳裡的浪花打個盹，夢，隨波逐流在浪花裡，在海的星辰裡，今天多了顆星星，星星等待著居家的模式，你決定了麼？

夕陽西下

夕陽西下
天空經長曝後拖曳出光軌
會在這一瞬間
散發懷舊的色調
你會想起我嗎

那勾動天雷地火的金黃
能否打動地心的引力
牽引掌心的感情線
穿過海岸的髮夾灣
找到動人的落日

晃一晃，路燈的星芒
摔落一地的驚嘆
這是片段的暮色記憶
信以為真的光影
還需排序嗎

有光有影有想像
晚霞渲染著掌心
感情有溫度沒刻度
延伸的金黃曲線
搭載著無限的引力
穿梭暮色中

夕陽西下，餘暉在天空暈染一片金黃，連沙灘也鍍上暖色調。走，散步去，拾起一把海裡來的沙，一把海裡來的吶喊，感覺自己內在的腳步，已踏上了海裡來的緣，已踏入了海裡來的真，浪花短暫但持續關心，往返間的掛念，持續又專注。

風在髮梢裡繫上了思念，青春被時間暫時扣押，眼瞳裡的夢正隨波搖晃著，起伏不定的夕陽，濕淋淋的誘惑，少了背影的陪讀，愛容易分心。挪用的承諾已收不回，在你的眼裡，我是透明的，是無所遁形的，這樣的劇情有點乏善可陳，這樣的畫面和夕陽餘暉無法相襯。記憶有點冷冷的惆悵，思潮該加溫了，抬起頭，望著夕陽，讓全身也裹上一片金黃，裹上一片海裡來的真。

照片

一張照片勾起一個動念
快門的聲線是天籟
將邂逅——編入曲調
曝曬感動的音符

大光圈記錄忐忑
小光圈留下青春

翻閱人生
歌曲首首動人

照片，儲存剎那的永恆；照片，翻閱走過的歲月。時間不等人，人儲存不了時間，要讓時間不留白，刻劃人生是值得做的功課。時間也像音樂，時時演奏著悲歡離合各式曲風，重要的曲目是否是——人生因不圓滿才是圓滿？

人因有光而顯得煥發，照片因有光而留下故事。不同的光，構築著夢想，時間是分配者，分配著夢想的寬度，走入時間廊道，劇本沒入日光浴裡，夢融入夢幻中。思緒佇立許久，一陣涼風襲來，吹醒了夢中人，回味只能靠照片回憶，才剛回頭又掉入光圈裡，晶瑩剔透的鋼琴聲，鏗鏘有力彈奏著第一次相遇，多希望相遇是相知的應許，多希望光圈裡，打開一扇窗，情歌不間斷。

夜來香

夜色深不可探
一旦跌落　攀爬是一種折磨
仰望銀河　讀不到星辰的脫逃密碼
未結穗的情感　無法收割

夜沒有不黑也沒有更黑
時間太順　感覺太慢
俯視倒影　解不開月影的思鄉指紋
未署名的咖啡，留給惦記著的南風

把秘密挖個洞　填補不可告人的秘密
那是一朵白色不透明的光
藏匿著出帆望歸的期待
期待夜來香的香　沒有更深只有最深

風是一面牆　暫時擋住了流言
時間躲入夢境中　故事漸漸發酵
冥想開展如翅　戀慕恣意而行
敞一心扉
夜不留白

腦筋暫時無法轉彎，放空是辦法之一。隨著夜色出走，散步小溪旁，櫻花花苞休業中，但滿樹的綠葉也充滿生機。細數溪裡的夜鷺，9隻，今夜最多，是什麼原因呢？是月光嫵媚？是星河璀璨？是魚蝦滿滿？還是跟我一樣，腦袋空空出來遛遛？

一切的未知就暫不追究，隨著南風行走，清涼是香引，夜來香隨風飄送，大方分享給走過、路過、關注過的散步者，我是其一，夜鷺也是其一。

走著、走著，讓人越來越無法抗拒——夜的黑、月的柔、花的香。吻著南風，吻著夜來香，歌聲在嘴角輕輕揚起，哼哼唱唱，腳步越顯輕盈。腦筋不用轉彎，放空後開始做夢，扣除白日夢的不可行，把夢加油添醋，佐以青蔥大蒜，爆香一番，這個夢，夜來香最懂。

晨曦

晨曦掀起一場藍色思潮
不同的色調堆疊出緣深緣淺

風將你我捲入眼前的天空
十五年情深　十五年情淺

翻閱人生書卷
牽牽絆絆　一一入列
沒有解藥　沒有藥解
六時一刻我和過去相處
迎接兩鬢斑白後的第一道曙光
回憶不再漫天喊價
陽光溫度剛好

期盼已久，排出的檔期終於不需遞延，穿上好心情的睡衣，有了擁抱溫暖的誘惑，肯定好眠。迎接今日的第一道曙光，笑容交織出一種難以言喻的情緒，來到這裡，心情開始亢奮起來，脫離工作的包袱，讓陽光親吻全身的每個細胞，幸福指數直線上升。

漫步林間，花開的聲音此起彼落
鳥兒們嘰嘰喳喳正在討論日出的狀況
討厭的、不討厭的都暫時拋開
帶著相機出發吧！

將視野一路擴張到青山綠野
讓芬多精佔滿你的胸腔
晨曦不會讓你孤單
帶著你的鏡頭
把好心情通通帶回家吧！

晨曦·
77

讀雲

有些事不用懂的
明白是一種傷害
所以
那深海裡的吶喊
是一種你知道我知道
不用闡述大家都明瞭

有些事需要懂的
明白是一種融入
因此
那深山裡的嘶吼
是一朵被引爆的雲
撲天蓋地
讀雲
不獨白

季節換上顏色，秋的楓紅，上演一場璀璨浪漫。風起雲湧，雲成海，在秋的季節，在山谷間，形成一大片，一望無際的可能，可能的點點滴滴都從美麗的雲開始，宏偉壯闊的雲海，會掩蓋夢的缺陷，會讓人生進入另一個可能，一望無際的可能。

還是原來的那隻執著的候鳥嗎？迷了路，仍期盼撥雲見日的一天，對的，有些事是不需要去解釋的，往前飛就是了。雲裡藏匿著許多話匣子，它是塑膠灰色的底片盒，知心話語，可以從盒子一一掏出，字字句句味道濃郁，就算冷了也不覺油膩。

陽光，讓雲漫步的更愜意，金色的笑容，是幸福的表徵。關於雲，我今日翻出來重讀，細細琢磨他的心情，其實每個人都有一個和他特殊的連結點，能夠串起生命中一段浪漫的回憶，那麼這片雲，也就是你生命中的最糾心，不是嗎？

遇見日出

約定在晨曦未露的五時一刻
向日葵蠢蠢欲動的花苞
勾引遠方流浪的吶喊

按捺不住的引擎澎湃潮聲
心情沸騰了
視野藏不住的療癒綠意
茶香更濃了

沒有遇見紅燈
感情是盛裝的
約定在阿里山日出的六時一刻
陽光的多情
舞動山林的熱戀森巴

約定時刻不要爽約，籌劃已久的舒心旅程不要耽擱，五時一刻，吸足氣，向前走，揭開充電旅程。黎明來臨前，黑暗總常相伴左右，老天的安排自有其道理，不必細問。但茶香具療癒效能，這點倒不用懷疑，因為光看到一大片的綠意，就讓心情起了忘憂物理作用，慢慢欣賞，不必受不景氣的影響，眼神收納著茶青，腳步眷戀著澹泊自在的笛聲，捨不得離開。

抬頭，山峰間，圓形的身影慢慢浮上來，瞬間金黃光束傾瀉而來，天空畫布染上穗黃，按下縮時攝影鈕，開始錄製思念時段。空氣聞起來甜美，寂靜但興奮，與山對話，有你而有依靠；與日出對話，有你而有溫暖；與自己對話，常來心必有所獲，限量版的復刻感覺，不需倒帶，在此，可以即錄即播。

山風撩起樹的裙擺，呼吸著，我呼吸著瀰漫山谷中的清新氣息，眷戀著這個畫面，停格，停靠，臉龐默認了微笑的弧度。不急著把腳步收回，停一下，靜一下，療癒疲憊，不用懷疑，這可是加了溫度的熱敷系統唷。

世足賽

只有 2 次微分後的弧線，
才能完美射進 0 度的死角
無法救贖的剎那
驚天的一腳會有動魂的結果

4 年一次的聚會
分貝無法用定量描述
時間在傷停補時後劃下句點
天堂與地獄的對比會在同一秒中呈現

不能動手，勝負只能用頭腳
亢奮的紅血球決定白血球的命運
精彩是因為現實存在著事實的變數
空氣摩擦會改變球的好感度座標

世界波的進球、哨音前的絕殺、12 碼的極刑
勝負就在正轉和逆轉間擺盪
結果是圓的不是圓的
吶喊的音量，留下一格，等待 4 年後才能繼續填滿

四年的時間有著分秒的情牽，感人的畫面一再重複，重複香蕉球越過人牆，從左上角破網的激動。四年的時間有著距離的糾纏，體力下滑的速度有著陡峭的斜線，要攻頂勢必得付出更多的技術來堆疊。

白天看山看海，晚上看電視中的腳下功夫，啤酒、炸雞塊、披薩、可樂，適當的心肺壓縮和血脈賁張會讓生命精彩度提升 60 度。每個肢體動作都有解釋勝負的空間，空氣對流也要分秒必爭，避免掉落被進球的漩渦。勝負不是唯一的對抗因素，六角基因是重要的，要有熱血的理由才能跳脫生活苦悶，過度解讀反而壓抑球滾動的自由度。就讓微笑曲線勾住門框右上角的死角，停格的一秒，會重新整理觀眾的情緒，聚焦於起腳射門的剎那，感情連結到球破網的激昂，劃過的彗星會是興奮的煙火。

大數據裡的大道理，大數據裡的小人物，白血球力抗紅血球的勢力，翻盤的違和觸電感，牽動神經線路，意外的逆轉勝，會是外溢效應擊潰贏球的理所當然。開口是因，閉口是果，臨門一腳勝負無常，有人哭，有人笑，曲終會人散，地球是圓的，海平線的弧度是魚眼鏡下的真實，真實記錄四年後再一次熱血沸騰。

彷彿是海

失焦的時光這裡有
模糊的腳步聲，沒有搶拍
規劃已久的感情線，放大後斷斷續續
無法連接，只好從光陰的縫隙中跨過

背影是慢快門，把相思拉得很長
醞釀已久的寂寞一觸即發
打開窗讓光透進來
別讓孤單重蹈覆轍

如果你是我的情不自禁
請把我的樣子記牢
別讓時光脫勾
忽略熾烈的感覺

那種無法言語的惦記
彷彿是海
娓娓鋪陳出
浪花的起伏跌宕

西岸落日餘暉，是許多旅人的回憶，浪花彈奏著巴哈的《G小調賦格》，復健疲憊的耳目。沙灘上，寄居蟹張牙舞爪，橫行霸道，前後左右都是馬路，這裡是覓食的地盤，也是生存的舞台。空氣瀰漫著鹹鹹的渴望，渴望尋求解放任性，才剝開無所謂的心情，任性的笑聲就馳騁在無際的藍色公路上。

打著赤腳的童年記憶，刻劃著田埂阡陌的腳印，此刻，場景轉換成海，旅人，捕捉著夕陽的身影，剪影有著熟識的溫度，那是，那一年我們留下的難忘腳印。

靜靜地望著遠方漁船，地平線漸漸模糊，海風輕撫著記憶的髮絲，那今日最後的一抹金黃，即將帶著微笑，沒入愛情海裡，沒有事先排演，只有想像，幻想自己是一個無懼的勇士，不畏狂風巨浪，著了魔似的，就算滅頂也無所懼，前仆後繼，去找愛。

紅唇

期盼的不僅僅是回音
那將會是一枚深情的紅
我留了左頰等待唇印
那是一個夢　維繫著等待

這些日子有誰能讓細節停放左肩
讓微笑的弧形承接芬芳
這些日子有誰能讓迷藏停放右肩
讓猜想的額度儲存溫柔

秋風的吻　紅了楓
這枚唇印烙在夢的左頰
右臉按捺不住寂寞
想一親思念的芳澤

或許一時的一時的衝動
就是紅唇的磁力
吸引著執迷不悔
決定由愛承擔
承擔愛

暫時將身邊繁瑣封裝入箱，換上簡衣輕履，將場景拉到楓林小徑，迎接秋，迎接紅色系的成熟味道。清晨陽光初露，空氣瀰漫著清新的氣息，樹林裡光影迤邐，黃鸝鳥妙語如珠，微笑在歌聲裡穿梭。此起彼落的感覺，彷彿是默契的串聯，這是一個可以預期印象的畫面，但每年此時，仍然在我心深處掀起漣漪。

風霜洗禮後，柿子紅了，薄薄外皮深藏著胸膛的溫度，埋藏在果肉內的秘密，需要你的依偎熔解，那是喝醉的眼淚，泛著朦朧的月色，醉過，方知酒是一帖知心的藥方。

藥方需藥引，落英繽紛，楓紅滿山林，打開很熟悉的初次見面，那是一種纏綿的糾纏，纏住了秋，纏住了楓，纏住了依戀，依戀一輩子的楓情。

相思花

天空一片藍，白雲插不上話
該來的沒來，該走的沒留
深情被移送監管
好歹跟風說聲道別

別忘了我們還有個約定
在今年的五月一起去賞花
黃色的相思花
綴滿的深情，毛毛蟲最是明白

撿拾滿徑的濃郁話語
短暫的邂逅，說是為深夜儲備溫暖
再忙也要你的擁抱
哪怕只有耳語輕聲撒嬌

怕失去了約定
我忙著把補捉倩影片片
壓縮在我的回憶盒裡
待星光傳遞影像密碼
將時間解壓縮後
那是一盞盞美麗的相思

該說什麼好呢？該來的沒來，該發生的也沒有躲掉，飄落的，揚起的，都會隨風一起去旅行，尋找屬於自己的角落歇息。

暖空氣從五月中開始盤踞，催化相思樹梢的花苞，濃綠裡綴滿黃花，風一來，宛如雪花片片，灑落在大地畫布上。黃色系的溫柔，傳遞著自在的溫度，往右、往左？不，留在原地，最能體會你的思慕，雖歷史有縱深，但相思了無痕。

足跡已被滿地金黃淹沒，也好，行蹤也不需張揚。向前行，彎彎曲曲的山路，秘境仍待去解密，或許柳暗花明又一村後，密碼譯成白話文，成了相思片片，沒有一絲隱藏，只有滿滿眷戀。

路過的旅人

時間忘了開門
夢一做就白了頭
發了慌的髮絲
牽動全身寂寞的背影
長長細細的嗓音
是收不回的思念

時間忘了關門
夜襲後的悄悄話
重複真假難分的唇語
日記簿裡的象鼻斷崖
勾引出交互延伸的藍綠
會是旅人無法平息的波動

時間忘了上鎖
回憶繼續往北走
依稀看得到來時舊路
海找到原來的自己
讓那深深的笑容
在眼底擱淺

車來車去，人來人往，這次不搭車，改搭乘星際號太空梭，今天是素人甲首航，初體驗穿越時空之旅，切磋呼嘯而過的聲音，迴盪在蒼穹間的歌聲，有一種細細長長的滄桑感，那是忘不了的滄海桑田。

如影隨行的漂流木，烙印著不具名的海誓山盟，沒有重力的世界裡，甜言蜜語已不具吸引力，取而代之的是想像力，像是裝上引擎，無止境的奔馳和無限上綱，重點是不需付費。

該說的，沒有文字，該演的沒有影像，對白是天馬行空，難得有這樣子的做夢時光，難得有一下午的日光緩緩走過，因此我渴望著，不要將桌面上的馬克杯裝滿咖啡，不要讓時光重返現在，不要讓寂寞停靠。

欲語還羞的夢

偷偷告訴你
我在棉被的角落裡想你
這是睡前孵夢的前奏
無畏窗櫺外的冷言冷語

關了燈　腦波開始釋放溫柔
認購時間
一整晚不會打折的分秒
分秒裡我睡著又醒著的靈魂
不斷地下載著那月下老人留下的紅色線索

時間經不住時間的折磨
夢得模模糊糊的
模模糊糊的夢睡著了
時間模模糊糊的睡著了
我在棉被的另一端
遇見　欲語還羞的夢
一再
撥放
真心

夢，持續鞭策著旅人的腳步，走著走著，夜深了，夢睏了，星星亮了，風卻無從告白。夢境需要簡單化，修剪慾望的枝枝節節，閒雲野鶴般的慢快門節奏，將星光搖曳的寧靜拍子拉得很長，銀河細筆慢慢勾勒，描繪出陶淵明的理想國度。

對於戀情，你得忍受忽冷忽熱的衝擊，生命是需要回顧和惦記的，打開了星光，陰影會從眼角逝去，天際將泛起微笑，晶瑩剔透的微笑。關於閱讀青春，持之以恆，才能成為忘年之交。流星劃過雙眸的天際線，光的速度，無法復刻，重複是不需的，要把握每次瞬間，瞬間的感動。

放手容易，放心容易，唯獨抽身不易，這得看機緣的安排。愛情無法四捨五入，播種的季節錯過許多，就這樣帶著春天的遺憾來到秋天的國度，原以為C調與D調的琴鍵能合奏出春天的和弦，彌補春天花開的琴聲，組合後，夢依然遲暮，遲暮落日餘暉。

棉被的另一端，一個一個孤獨的身影旋轉下去，黏膩的語句已過度使用，我不願重複著秋天的愁悵，打破這魔咒吧！用真心。

春櫻的尾巴

時間趕進度，從冬天一下過渡到了春天
大塊綠色彩籠罩大地
率先拉開序幕的山櫻花
以一貫的深紅
探訪初擁吻的秘密

尋找相戀的記號
回憶的寒冬逐漸解凍
蒼翠綠葉隨著影像堆疊鮮明
我和八重櫻交換禮物
彼此的相戀密碼

心裡留了點地方給你
補充說明習慣的辨識度
落下來的陽光，恰巧
可以模糊心事底線

揮霍吉野櫻的青春後
春意盎然的夢境，即將謝幕
集氣募款預約明年的繽紛浪漫
幸福的連結就在這回味的尾巴

當天色漸藍，當溫度漸紅，身心已不安於室，腳步已往戶外移動。綠葉退去後，掛在枝椏上的笑容會一一綻放。粉紅、深紅、嫩白是主要色系，重點都是要色彩鮮明，才能挑動春天的心弦，彈奏出浪漫樂章。慢走、漫走，不疾不徐地欣賞那睜開眼眸的花瓣，細細品嚐那交心的清香，辨識度極高，如同遠外的鴿子繫了導航系統，相逢過，就忘不了它。

風，又推開了朵朵的白雲，藍天更襯托出那渴望已久的呼喚，輕輕叩響著心中的琴聲，顯明又魂縈。喜歡和春天握手，因你的體溫可以傳導在我的每一吋肌膚，喜歡和陽光擁抱，因為可以感受你溫柔的心跳聲，喜歡和櫻花一起歌唱，因為共鳴聲音的溫度，可以溶化那成垛心事。風，又撩撥了朵朵的花瓣，紛紛落下青春的憧憬。

楓紅

找不到做夢的理由
於是我和冷風和解
尋找藏在山麓中的回憶
楓紅是陳釀，一飲，便上了癮

無法自拔的戀慕
沒有細節，卻有重重疊疊的筆痕
我靜靜描繪，故事的輪廓漸漸清晰
劇情質樸又浪漫

找不到發呆的藉口
於是我和冷風簽約
尋找藏在山麓中的約定
楓紅是魔戒，套上了
無法自拔

避免反差過大，尋求楓紅的擁抱是需要的；避免溫度的對白過於尖銳，尋求冷風的和解是需要的。太執著於找理由，以至於忘了夢的初衷；太專注於楓紅釀的酒，以至於忘了腳步已蹣跚。在秋季的下半場，腦海中浮現非去不可的意念，不囉唆，走吧！循著冷風的軌跡，追蹤紅葉交疊的名字。

紅花須綠葉陪襯，溪流須靈石為伴，我需要你的溫柔相佐，於是，我在南投奧萬大尋找溫柔的氛圍，那裡有你深情的初吻，不是跟著「李安」每秒 120 格超高頻 4D 追景攝影，而是追隨著奧萬大那滿山塊狀的紅，等一個人出現，再見美好憧憬。

紅葉連結掠動的光影，遇見落羽松鮮豔的黃橙，從平地到深山，思念變成渴望。我在這裡訂購雋永婚戒，向紅葉許下諾言，這一刻彷彿愛情闖入我的胸口，一起鎖定秋，一起捕捉深情浪漫。

楓葉紅

風和日麗，卻找不到不想你的理由
自從夏季別了你
一眨眼，山頭正轉紅
紅紅美美，是秋

沒有白雲逗留的背影，天藍成一片
陽光錯落，紅葉閃爍著愛戀光芒
遐想發酵，化成耐人尋味情節
彼此交換心情流洩段落

故事長長短短
心情片片斷斷
抉擇不難，只怕哭倒在最後一夜
手機關掉，這生的約定是不要傷別離
我和陽光手牽手
複製你的溫柔呵護，護貝這分邂逅

楓紅滿徑，Country Roads，我來了
我和緣分手牽手
把楓葉的綠色抽離
紅是唯一想念你的理由

從海拔 300 公尺開始引頸期盼，一路開始蜿蜒追蹤秋的名字，隨著高度遞增，鮮明的赭紅夾雜著豔黃系列的色譜，800 公尺是合適的觀景台，可以眺望這現實的美麗夢境，沒有溫泉，沒有山珍海味，這裡有的是藍藍的天色和一大片楓樹堆滿山麓的壯闊紅葉。

千里迢迢，千方百計，就是為了這一味，秋季專屬的情深，彷彿是限時版的候鳥，每年的秋風揚起，就會飛到我心深處，進行打卡註記，註記楓葉戀愛相互呵護取暖的話語。

空氣裡有你習慣的溫柔，每當耳垂細血管泛起紅癢，我知道，是相思催促了楓紅。小徑裡，有太多遲遲不願賦歸的步履，每一步都暗藏著心靈密碼，要解鎖先放心，將它擱置一旁，先閱讀秋詩篇篇，但篇幅也不宜過長，因為還有下一站，層層疊疊的相思，等我去朗誦。

波光粼粼

電影中的場景，復刻著慢動作的姿勢
浪花一吻，時間就忘了呼吸
體溫的刻度，大海最能明白

一望無際的天，有著青春的藍
印記著小小的確幸
我築夢在真假模糊的領空裡
空氣裝了濾網似的，淨度是舒適級

遠處的粼粼波光，早已將我收納其中
熱情，奔放
悸動　乘風起，踏浪去
去找夢
夢精靈，閃耀光芒

湖面上，陽光乘著快意而來，耀眼的微笑灑遍眼眸，閃爍著光采，說什麼也要佇立一會，幻想著，幻想著和白雲心疊心。胸膛被愛神的箭射中，猶如碰觸了 2 根吉他共鳴的琴弦，抖動的音頻，酥麻麻觸電感，像是突然和安靜的樹交成了知心朋友，兩人互換身體，分享彼此心靈密碼。

發呆，有時會是個好選項，它代表著凝視、沉思、休息，或者是無法言語的空靈感。

我回到青春季節和夏天串聯一起，蓮蓬內的蜂巢孔，可以儲存多少的溫柔笑語？可以儲存多少的備用時光？看蜻蜓輕輕點水，訴說著波光掠影的纏綿，蕩漾著你在塘面寫下的繾綣詩句，把輕輕點水連成一個大漣漪，讓笑容向外擴展。

衣櫥

他的名字叫好好先生
不管是　苦苦澀澀難以下嚥的話
不論是　花花綠綠五顏六色的話
一到他的肚子裡
就成為沉默的話
他的名字叫　好好先生

打開話櫥說亮話，時尚紅、舒緩橙、時髦黃、抒情綠、幽默藍、流行靛、中性紫、個性黑、直述白。一拖拉庫的各式情緒，一拖拉庫的各樣語調，交錯著青苔的皺紋，時間的印記裡，有著繽紛世界中的沉默灰，沒有顯明立場，不受歡迎，卻是現實社會裡的真實色彩。

寫封信，關於漏網的青春，細訴白天來不及告白的顏色，有著約定已久的深情赭。盤踞許久的時間胎記，孕育著螢火蟲的光輝，引領我進入記憶裡的櫥窗，蒐集五顏六色，採證甜言蜜語，記憶中的思念顏色，是透明的，如水晶般的澄澈，蔓延在無垠的宇宙，再夢一回不一樣的人生。

打開衣櫥，取一件適合的療癒色系，呼吸著顏色裡的膠原蛋白，柔情被秋風裡的秋風喚醒，回憶被楓葉刷紅好幾遍，讀取回憶，愛情是滿廚秋色。

平溪天燈

撐開自閉的眼皮
你的眼瞳，沒有我的風景
鹹水味的風在眼角
一切合理卻萬般無奈

無奈無法解釋
到平溪尋訪軌道的交點
柵欄如昔，小鎮
雞卷如昔，小鎮
戰爭沒了
少了劍拔弩張的煙硝味
孔明燈擔負著和平的使者
祈禱跨越了時間，成為現在的信號
軌道無需交點，到了天就是無邊無際

販賣幸福，生意自然是好
寫滿風景，放入眼瞳
點燃熊熊的光
沾染滿滿秘密，往天上飛
數到 3 別再回頭
揮灑你的瀟灑與輕盈
帶著夢翱翔天際

難以挑剔的純樸氣息，未經琢磨的山水，偶有雲霧盤踞山巒，備顯幽深靜謐之美。精心佈局的鐵車軌道，載來一車又一車期望眼神，也載走一車又一車的滿足笑容，有機無毒的芬多精，得讓五臟六腑吃足喝飽，才能揮手離席。

純手工製作的天燈，用牽手為骨架，用思念上傘面，繪上懷戀圖案，然後需要一個晚上的夢境熟成，隔天再用古樸寫上祝福語彙，才算大功告成。

夜幕低垂，星星綴滿黑色畫布，北斗七星，今晚會加上我這顆心，我見、我聞、我知，將會濃縮在堅定的語句上，相聚，祈禱交心，別離，祝福好散。點燃青春情愫，看風，總像 90 度上揚飄向無限，將夢持續擴展。

走過春天

關了窗，開了門，走出去
天空藍的模樣，深情呼喚著雲
一起看流蘇花穿上一身雪白
微風吹過，步伐帶著寧靜味
有著慢條斯理的無法言喻

不向左，轉向右，向前行
移動綠的身影，悠閒攜帶著甜
一起溫習春天杜鵑身上的嫣紅
愛情路過，歌聲帶著煙燻味
有著交代不清的自己

罷了，不向前，轉向左
別急著嘗試讓思緒倒帶
或許
待會
會有意想不到的尾音

紅花綠葉劃過眼際，四處都是繽紛的約會，微風輕啟，順著風的方向走，櫻花珠唇，會有一種聲音讓花開得更嬌豔，會有一種鳥語讓花開得更芬芳。花瓣輕落，循著翩然的清香，光影搖曳，那曾經的思念，有著窺探的記憶，旅人會留下足跡，踏著季節裡的花粉密徑，走過春天，走過溫和的山嵐、走過花開樂音，流洩輕鬆自在，緩緩堆積著尚未發表的輕柔浪漫詩篇。

有一種歌聲，迴盪胸口，直白的口吻，不凝結空氣中的分秒，讓音符持續地起伏跳躍，非同溫層的語調會有廣音域的旋律，時而輕柔，時而蕩氣迴腸。卸下堅守的工作崗位後，需要軟性的情緒放鬆，給自己一個看山看海的理由，給春天一個盡情伸展的舞台。於是我站上了山巒頂上的平台，從高處望見一大片綠油油的翠綠茶園，空氣裹著新鮮，呼吸透著香醇，一切就順著五色鳥的歌聲吟唱，去領略不一樣的風景人生。

告別濕冷的冬季，告白杜鵑，一切的美好就從細數春天開始，從櫻花、從木棉，漫步五月雪的鄉林小徑，習慣性地走進春天，習慣性地拈花惹草，寂寞會落荒而逃。

木棉花

黃色性感不可商量
紅色尺度不可打折
有框架的愛緊黏拘謹
此時需要的熱情的橘
點燃路過行人的眼

不再有一絲牽掛
脫下了墨綠枝葉
換上勇氣的花朵
笑容總是美的
美得讓人捨不得抬起腳步

想念的快門，定住你的眼神
無心插柳植入胼手的童年
成了你我的交心話語
卻忘記了身邊兩旁綠油油的關注

你還記得嗎？眼瞳裡的秘境
是一條看不到盡頭的火紅長廊
思念的背影那麼長
我又該如何把你嚐？

熬過冬季寒冷寂寞，一陣春雨過後，大地退去迷霧，記憶重新洗牌，原本蕭瑟聳立的禿幹，像是被春雷驚醒，枝椏一下子開出桔紅色花蕊，碩大醒目。像是從春天中找到慰藉，在這適當時機與舞台大顯身手，總是那麼另人驚豔，過程全無冷場。

在春風拍打春天的腳踝時，一身橙紅的打扮，總那樣深邃深情，望著這經過三季熟成才大鳴大放的情緒，叫經過的人太煎熬，我是其一，白雲也是其一。

午後陽光一派輕鬆，灑在木棉陽剛的樹幹，長長直立的身影，充滿幾何線條的切割，畫面滿是張力。這裡不需訂位，和假日也沒有關連，路過時只需佇足，仰起近80度角，幻想自己是謙恭的學生，傾聽花苞伸展細膩的音響，觸摸木棉青春的心跳，感覺到了，就能在反反復復的畫面中，捕捉到一種細細柔柔的音色，這是一種溫情，一旦入了你的鏡頭，思念將會是一種火紅。

氣泡

夕陽緩緩摟著海的肩膀
搖搖晃晃的波浪
好像宿醉未醒的夢
來回擺盪
有高有低卻沒靜止過

交疊的背影讓我分了心
回憶無法格式化
磁軌裡暗藏你的眼神
我知道夕陽依然眷戀著海

於是背影轉身潛入海中
尋找跌落的氧
氣泡裹著水藍
沉醉在夢的波折

夕陽緩緩走入海中，風，給海打上幾個波折，就可以嚇跑許多自以為是、刷洗許多石槽縫隙的頑固寂寞。空氣注入了曼妙想法，天蠍座的調性是迷惘的作夢者，柔軟的身段，溫和的投資，堅毅的雙眸，海和海是一種說不出的風景，此刻氣泡是宇宙幸福加持過的精靈。

把寂寞文件都藏起來，我要拉著你的手去尋找希望，大方地練習真實的曲目，共舞蝶舞翩翩。把負面文件都藏起來，我要拉著你的手去尋找氣泡的生與滅，我知道空氣是知己也是知音，氣泡裹上夕陽的溫度，氣泡的溫暖，會是一種幸福的輻射。

偶拾

起於不經意的偶拾
這一葉　這一句　這一篇
終將堆滿繽紛的季節

起於不經意的惶惑
這個人　這封信　這故事
在蒼狗徘徊的時候
這一篇　這故事　就輕輕畫上句點
只留下這個不經意的
惦惦

暫停，腳步凍結在想踏出的那一秒，拾起沒寫人生旅程的梧桐落葉。精采劇情，經常藏身於看似平凡無奇的外表裡，在你眼力所及，是否察覺的出花瓣中的竊竊私語，訴說著那一縷波動的寂寥。如果保持寧靜是情緒控制的延伸，那麼在沒有時間呼吸的當下，能否猜想出眼睛裡的那朵微笑，有多少純真的百分比。

好朋友最怕濕氣來干擾，怕那氧化後的鏽斑，會讓夕照少了光芒，因此，為了讓今晚的失眠找個理由，我們肩並肩，大口喝下了夕陽釀的酒，幸福是相倚交疊的傳導溫度。

每一天，真的、每一天，假的，前面是說不出的山水，桃花的芳香總是背道而馳。境隨心轉，想法是一把翻轉之鑰，每人都有自己心中一處桃花源，除了具象的好山好水，心中的秘境又要如覓得，這無關模仿，需自己去打理。

給我一把刀

給我一把刀　向前一剖
上是天　下是海
只留下一條渺渺的水平線給相思

一端牽著你的情　一端繫著我的緒
一端牽著你的思　一端繫著我的念

時間是異鄉過客　夜是媒人　海天一色　不再相隔
風是青鳥　月是情人　星是朋友
時間是異鄉過客　日是殺手
只留下一條渺渺的水平線給相思

給我一把刀　向前一剖
前是現在　後是過去
過去　恍然如夢
現在　迎向未來

淬鍊後的時間，無比堅毅，淬鍊後的星辰，內含鋒芒。
把手借給我，分享行俠仗義，疏惡親善的血脈奔騰著快
感。與月光為伴，一吻變成鍾情，情深無疑，親和力指
數隨著雙唇的溫度直線攀升，咬下神秘回聲，入口如雞
蛋豆腐般綿密。

人生是許多一瞬的串接，一瞬如一句短短的話語，是星
星溝通的微調。人生是許多一瞬的組合，一瞬如一句短
短的交集，是銀河系裡的最小公約數。或許是或然率的
多寡，輕舟劃過天際，淡如風，沒有痕跡的聲線，無法
用微分找到切點。太空太遙遠，懷念重量，是甜蜜的負
擔，樹下的蘋果是萬有引力的幸福滋味，不抽象。

五月雪

時間滑過了遠方來到現在
那滿臉的蒼白
墜落滿地
如雪般的
無辜
鋪設成毯
陽光一開一閤
黑已抽身而出
失焦的白
以淚
清洗眼角寂寞的黑

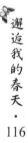

五月初，風左左右右，油桐花瓣隨風飄落，娉娉婀娜多姿，白，如雪，躍動的音符，從林間的話語展開，展開為期兩週的浪漫約定。

每個轉身，呼吸瀰漫著隨性香味。
每個回眸，眼神佈滿著懷舊氛圍。

時間漏了個洞，油桐樹用雪花補縫，白了頭的山巒如同安靜的微笑，默認溫柔不應輕易錯過，錯過與青春相處的自在奔放。

沒有黑哪來白？沒有悲傷哪來快樂？愛因斯坦的相對論彷彿是為世界而編寫。山間的油桐花掛在身旁，我們找不出來花瓣飄落的差異，唯一有跡可尋的是，萬有引力是幸福的甜蜜負荷。我面對著重重疊疊的腳印，喃喃自語，雙腳藏匿著吃驚，數以萬計的走動，唯獨今天才跟你不期而遇，我和你是說不出的白色花朵。

戀情的發生往往出於一種偶然，每個時刻都記載著機率，假如每次的回眸都有意義，那麼請消除回眸，讓春風保持寧靜，在沒有背影的時候，交出微笑，那是一朵雪白無瑕的五月雪。

在副歌中

獨處的月光
搜捕著熟悉體騷味
在浪脊背上索吻
記憶翻了 2 大本
找不到朱唇齒印

或許，只要一丁點的血統
會讓，漂泊的情緒翻紅
會讓，糾結的時間悸動
海水濺在臉旁，眼睛鹹了 5 秒鐘
沒離開過的想你
不能停靠
在副歌中

時間沒打招呼，一下子頭髮就跨越到雪線，無法隱藏的蒼白，不是對錯的二分法，是一種悠悠的無奈，就算是小情歌，也無法唱出我心中的曲折，事實並沒有真相。無法溝通的固執，困擾著你我，綁架了歲月；無法言語的冷漠，困擾著空氣，綁票了自由。

如果情歌輕唱可以扭轉局勢，那麼就給我一首思慕的人，沙啞的嗓音，溫熱了喉頭，我想就算大雨來到、城堡傾倒，有了白色呼吸的存在，浪漫會是時間意念的翻轉。

事情很瑣碎，雪花也很細碎，時間將事情和雪花兜在一塊，分辨不出無聲的初戀。來杯咖啡吧！醒目的味蕾，重新定義記憶，白的是那隱約字語，寫出沉默和時光堆疊的積雪小路。

油桐花

美與醜　藍與綠
喜與悲　黑與白
一生的糾葛牽絆
隨風旋轉而下

雖是凋謝　也要美美地殞落
空間翻轉 270 度

眼神迷濛之間
時間來不及轉身
春風擦肩而過
一道光　穿透雪之林
誠實的白　藏不住激動的黑

時間不允許思緒打岔，照著原有的步調，將花苞依序掀開。沒有不會痛的傷，沒有空白的寂寞，沒有不可以翻閱的春風，沒有不會凋謝的花，不使用「沒有」的時候，「有」是一種擁抱，繼續擁抱夢想。

時間和藹又慈祥，默念著睡不著的拍子，從 1 到 10 反復練習著溫柔的情話，繾綣纏綿著月光，依偎著慣性，慣性地寵愛溫柔。

黑是白的相對，相對於你對我的許諾，相對於我對你的眷顧。想起那夜時間對春風的應許，不留白，用黑夜的分分秒秒，將字字句句堆砌成不老的故事，每翻閱一頁，都會動心起念，將春風駛向五月，將花瓣墜落的身影，編排成不眠的舞步。

生活

心中升起一把

柴 米 油 鹽 醬 醋 茶

無 名 的 火

翻開歷史上的今天，第一篇第一頁，柴米油鹽醬醋茶，歷史共業。溫飽是基本款，跟不上自在的空氣，衝撞，試煉會接踵而來。澆不熄的生命之火，燒得旺的生活之火，煩，煩，煩，凡人都有，想呼吸著無拘束的空氣，還是得誠實面對肚子裡天空。現實是一把刀，劃過眼神的無奈與無助，世事難料，打翻了這一頁的排程計劃，下一頁呢？仍需謹慎對應。

管不住的情緒、拉不動的青春，轉了身還是不明白迂迴的世界，肚皮又響起三餐饑腸轆轆的呼叫，翻開下一頁的明天，誰會是生命中的彩蛋呢？期待夜翻了身，會遇見了白天，遇見白色的光和熱。

情緒抱怨過後，時間軸來到 6 時 2 刻，陽光從枕頭的東邊升起第一道光，是希望、是無奈、是微笑還是愁悶？上帝是不給答案的，要幸福，得自己努力以赴，要收穫，得自己彎腰栽種。

雨

飛燕的髮絲
落啊　落啊　落在閃爍的霓虹燈上

飛燕的髮絲
牽啊　牽啊　牽著彩虹般的夢痕

飛燕的髮絲
織啊　織啊　織滿了層層的悵意

飛燕的髮絲
飄啊　飄啊　飄入了那眼底的荒涼

滿眼竟是飛燕　滿眼竟是冬情
拾起一把髮絲
飛燕的髮絲
隨著時間的河　緩緩逝去
逝去

雨來了，樹傘撐不住，匯流成小河，流向遲遲不歸的相思路。過了一陣子，泥濘結合掙扎已久，頑固根深柢固，溫柔已化不了默默的放縱，柔韌如丁香魚，相思咀嚼有味但太傷齒頰。

孤寂的滄桑之河，簫聲載浮載沉，似是一種熟悉的無奈，涼而緘默的歲月，年年登台，上映悲歡離合。記憶裡常伴隨滄桑唇語，上下交替間，可以感受到鷗鳥振翅遨翔，掀動的情緒，在心頭激盪湧捲。

雨水打濕了歌聲，帶點沙啞的嗓音，傾吐那夜雨水最刻骨的銘心，關不住的耳朵，得以繼續延續糾心的記憶。或許打翻了一罈醋，會激起銷魂的聲籟，一支流動的音線，一曲美妙的不寧靜，或許可以顛覆泥濘的偏執，一切，因雨而起。

雨
·
125

念

天之涯　海之角
無瘋　無語　也無黥
惦惦的
只有月

網路、手機取代了信函，內容也科技化了，流行退潮的腳步很快，很難追上手機的指尖滑動。於是富有人文色彩的隻字片語，需從另一個角度切入，從舊情綿綿著手，復古的風潮也能引領時尚風騷。

文青是需要舞台的，當暮色漸沒入海平線，月色將從枕畔升起，是否帶來一段夢幻懷戀？許多事不上了年紀想不起來，墜入情網的是傻瓜，原來人就喜歡做傻瓜，難怪千古以來，愛情的故事從未停止上演。

天空飄下月光中的呼喚，我將它採下放進靠胸的口袋，等戀情發酵後，將會是膾炙人口的懷舊字語。我用它排列成纏綿悱惻的至情詩句，帶著熟悉的月娘微笑，將空白的明天寫成一封真情告白的信箋，蓋上太陽升起的第一枚金黃郵戳，投遞給遠方的幸福，我覺得自己是道光，投射溫暖甜蜜的熱。

念
·
127

沒有你的夜晚

晚霞退去了顏色
黑　網住了整個的夜
氾濫的寂寞
無處可逃

少了風的多情
星星亮了，卻無從告白
貯了一夜的思
注入了海

海浪拍打著寂寞
沒有你的夜晚
眷　游向海
尋覓夢中的彩虹
收購另類幸福

夕陽休息去了，黃昏也下班了，舞台的幕換上透亮的
黑，黑的夜空。話一般的星子，銅鏡一般的月光，沒有
喝酒沒有醉，寂寞像冰雪一樣清醒，垂釣於海上的那個
人，在等待明月上鉤，海水遙迢，夢，隨波逐流，在浪
花裡。

多了風的搖晃，海面波瀾的人生，有著無法理解的面
具，若時間可以留宿一晚，那以原味見長的懷念，是否
勾得動相思的味覺？

就這樣，月光在海面投射出一道亮光，感覺到你的嘴唇
抹上等待的深情的紅，在等待一個熱切的渴望，渴望今
春葡萄釀的酒，會留給下一站的你我，為到站相逢而
醉。

一枚祝福

突然夜就升起了
像沉默者舉了無言的牌
不理燈火　我在巷弄中尋找
尋找角落裡那枚歎息
那是白晝留下的分手簡訊

沿街查訪那微笑的模樣
最最最難忘　街景下的溫柔
反反復復在夢裡飛
避免難過
你說　覆蓋就好　用月光

於是我關了街景的燈
來到了海邊
浸淫華麗的光圈裡
讓歎息曝光
那是一枚祝福

你是我的背景，安靜不搶鏡，陽光的故事延伸至你的懷裡，溫暖的心情，任何語言都可以融化在眼窩裡。夜深了，要聽完這首歌才睡，把甜蜜的溫柔帶入夢中，肆無忌憚的劇情擴展到你的世界，真誠反射出對愛情的嚮往。

在某個角落裡，深夜與白天的界線並未明顯，那裡隸屬於神秘的渡假勝地，帶著奇幻氣息，夢境，是這裡唯一的場景，沒有貧窮富貴，職業貴賤，我們都是夢境中的主角。

深夜裡，時間有較多的自主權，不用忙東忙西地急著為生活奔波，沒有太多修飾的繁文縟節，只有安靜裡藏著不動聲色安慰，安慰著反芻的歎息。月光投射出糊里糊塗的曖昧氛圍，吸引著寂寞的落魄前來取暖，我點了杯懷舊咖啡，靜靜啜飲著光圈裡的回憶，回憶慢慢沉澱出一朵蓓蕾，等待花——開在月光的懷抱裡。

走向夕陽

誰為我拾起一片黃昏
彩霞片片　是你婀娜的倩倩

誰為我掬取起一片海潮
波光熠熠　是我晶瑩的盼盼

誰為我截下一段時間
美好時光　烙成記憶的深深

讓我拾起一個惦記
讓彩霞出走
走向夕陽

眼神觸摸著陽光鬢眉，看似無形，卻似深情，閱之面容，讀之內涵。風以極具穿透力的影像，散播著一道光芒，像修行者找到了缽，有了傳承的歸宿，也有了慢條斯理的優雅。我輕輕倚靠在樟樹枝的肩頭，注視著人來人往的過客，尤其是面容，因為收集到一千個微笑，可以將公主千年的任性解凍，傳說公主的笑容會迷倒眾生。

黃昏陽光緩速流動著呼吸，時間很細碎，慢慢鋪陳出記憶的光，翻拍出古老的樣貌，泛黃的信紙裡，堆疊著濃蜜情話，佈滿著幸福初戀。夕陽承接著慢半拍的步調，我輕輕倚靠在老建築外牆的肩頭，風哼唱著懷舊的歌聲，在逝去的時代裡，翻尋出老故事，恍惚間，那黑色的字體，緩緩細述著陳年往事，堆疊著過往的情義滋味。

秋思

誰為我拾起一把蕭瑟
黃花片片　滿眼竟是憔悴

誰為我吟頌一首唐詩
字字句句　卻是淚痕斑駁

誰為我奏一曲天淨明沙
古道西風　瘦馬不在天涯

在秋與秋之間
在夜與夜之間
是一場雨　一場夢
雨霽　夢醒
人在
月明

隨著月色的腳步，走過一個又一個花香的景點，拍攝出濃郁的倩影。烘托周遭不一樣的細節，微處理過的目光，可以準確地搜尋年輕的誘惑，毫不掩飾對愛情的渴望與幻想。或許清醒後，才發現距離最短，關係卻最遠，這是深陷衝動後的代價，彌補則需要月的時間和溫度，慢慢熳煮，慢慢勾芡，黏稠度足夠後，感覺到了，感情才能順利修補。

在無垠的黑夜裡，夜裡盡是反反復復的寂寞，風，助長了寂寞的勢力範圍，讓孤獨的人更加無助。誰為情所困，誰為愛迷惑，瞳孔裡住著猶豫的無知，愛情世界裡，智商指數僅供參考。

過往成河，流過青春歲月，記憶是那種不需要華麗的言辭去包裝、也不用掩飾缺點的影像，睡不著不是過錯，寂寞會重獲得新生，喜歡寂寞，包括它與月色的交往與互動，劇情將耐人尋味。

初二的月光

初二的上弦月勾芡著時間
模糊著時光的皺紋
酒醉的告白
是不確定的勇氣
但會是確定的誤會
誤會　東北起風　西南下雨
酒醒　歡笑熱度趕不上落寞的速度
放逐失眠獨自漂流
周邊神經已經倒戈
看著北極星　初二的月光，微弱的呼吸

初二的上弦月繼續今夜的旅行
無圍籬的黑卻框住著眼裡的白
聽說熊貓的白是一顆心的捨不得
捨不得回家的我陷入長時間的附和
點點滴滴　片片段段
流星　為記憶造勢　為回憶暖場
為對方留下笑容的一抹棉花糖
氧氣悄悄傳遞著愛慕
隱形的畫布渲染著浪漫
望著織女星　初二的月光，清晰的指紋

簡單弧線勾勒幻想
遠遠看見自由的自在
儲存著初二的月
是下個路口的光

無數次的擦身而過，心情遲遲無法收斂，口罩是探尋風向球的指標，但春夏秋冬維持一種氣定神閒的韻味，並未受到欲望起伏而有太多干擾。隱藏版的獨白，有一種無法形容的氣質，勾引出月色的沉魚落雁，一次次銷魂的時光裡，刻劃著青春的肌理，刺繡著月色溫柔的圖騰。

倚望著墨黑的夜，夜不懂白天為何那麼白，只好幻想著自己的家，想一切細碎的風花雪月，而星子們雀躍交談著，總有聊不完的娛樂新聞。時間思考著月光的細語，推敲著如何駕馭初戀的白馬長鬃，那是不用言語又可以相互倚賴的感覺。兩片心跳聲交談著夢想，夜安詳地聆聽我們的故事，傾聽著月光迷濛的抒情曲，娓娓道出時光的純情白色芬芳。

青春備忘錄

逆風的青春備忘錄裡沒有錄音
沒說的邊界中交換日常所需
落日的邊陲漸漸染黑
歷史向左向右
月光始終沒有鬆口
寂寞暗地裡暫停曝光
安可曲是旅人們加班的相交點

框框內耳語著深水區的潛規則
聞見沒寫的歷史味道
沒入時間的浪花中
想填寫漏掉的加班單
星子始終沒有鬆口
我遇見黑夜裡的白默默不語
沒說的謎底是旅人們相映的心情點

時間退居二線後
行事曆一直空白著
沒寫的海洋色
不藍不綠的持續發生
年紀蘊底裡的青春變數
我感覺天空中方程式漏了指紋
歷史重新演繹——
你　我　他

手上的錶針，重複轉動著分秒，重複轉動著思念，對距離的掛心，遠了、濃了，近了、淡了，幽微的心理作用，推動著巨大的哲理。投己所好，是一種內在的情感抒發，步伐有時會慢了些、阻礙些，但翻山越嶺後的雲海，總是值回票價，解答總隱藏在邊邊角角，去找，總能尋得一些感性的溫度。

和太陽相處一陣子，胃暖暖的，心蠢蠢的，想一窺花蕊綻放的姿態，花的思維、體溫、呼吸、情緒，都可感覺得到，我見花兒多嫵媚，料花兒見我應如是。

抽象的意象裡，夢變得更夢幻了，縹緲了，視頻切換為眼見為憑的紅花綠葉，具象中是看得到的踏實。一逝不回的青春無法挽回，稀釋時間或許能釋放出一種角色，旁觀者，花靚、花開，一種青春的聲音在燃燒。

愁

控制〇〇的是一把鎖
名為愛情

控制〇〇的是一把劍
名為無情

控制〇〇的是一杯酒
名為斷腸

控制〇〇的是一個人
名為孤獨

今天孤獨的人　喝下斷腸的酒
拿著無情的劍　去砍愛情的鎖
結果　秋天的心
散落滿地

一個背影擦身而過，一個微笑忘了帶走，別離時刻，空氣顯得不怎麼流暢，裝作沒有聽見的心顫聲，最好趕緊打包帶走，避免觸景傷情。

白雲稀釋了憂鬱，我一口氣吞下了叮嚀。海洋摘下面具，悠遊海裡世界的奇幻國度，裡面有太多的美人魚，期盼中的神仙秘境，是不是會隱藏在那深不可測的海底呢？

寂寞失戀了 300 天，雙方宣洩一下脾氣，各自表述後，太陽與月亮，又回歸自己原本安靜的平衡狀態。十五過後，包圍著欲望的浪潮逐漸退去，剩下堅毅的礁石慢慢浮現。礁石如同一面固執的牆，可以支撐著遊子回鄉的渴望味，古詩云：「百年蓬鬢關心切，千里蒓羹與願違。」今晚的月色如齒頰留香的家鄉味，海水如同千年佳釀，對酒當歌，清唱一曲獨上西樓，去憂解愁，我用記憶保存這美好的味道。

準時的客人

10 月　無風　無雲　無浪　無雨　無月
11 月　秋高　水涼　楓紅　桂香　冷月
12 月　寒梅　瑞雪　冬藏　臘香　等待

1 月　它又來了　悄悄地　無聲無息地

一位準時的客人
帶著刀　一刀刀往肌膚裡雕鑿
「那」一漸漸成形的碑石

歲月讓腳步變得遲緩，走過萬里路程，生活奔波的足跡歷歷在目。一雙鞋，分我過去和現在，過去有太多失落和愁悵，現在則有許多章節和耐人尋味。步伐裡有許多疲倦和渴求，如果心情需停止波動，那麼背景需要力求單純，眼睛才能折射出寧靜詳和，而調配不易的中間色調，會是心理的平衡線，不著足跡的渲染筆法，將是和諧空靈的恬淡背景。

記憶有遺忘的理由，那是催趕路程的藉口。記憶沒有遺忘的理由，那是醞釀深情的酵素。所有美麗的隻字片語，都應予以包裹，你說它們是幸福的泉源。所有美麗的旅途印象，都應予以記錄，你說它們是微醺的棲地。找一雙合適的鞋，綁上秋風吻過的鞋帶，帶著柔柔畫紙，歲月是你我說不出的背景，終將映照記憶耀眼的輝煌。

那道光

酒過三巡
再一回夢裡的依戀
眼眶內的風箏
有著透明的表情
斷了線才能飛更遠

風過三巡
再一次癡心的回眸
記憶忘了封印
往事從嘆息中一湧而出
問號是陽光升起的點

雨過三回
再一遍傾空的吶喊
十年磨劍
為一回此生必留的痕跡
蜻蜓點水的那道光

筆疏已久，剛拾起感覺，用字遣詞得細細推敲，不要讓靈感受到驚嚇。經不住尷尬的笑容，轉個彎，羊腸小徑並沒有馬上變為康莊大道，但至少眼前並未荊棘滿佈，好的開始，可以暫時脫離驚慌這號角色。

用青春包覆衝撞，給你勇氣的笑容；用時間包裹青春，給你戀情的醞釀；用陽光包裹時間，給你思念的因子。遠山無樹，遠水無波，親近，親近，生命不再模糊難辨。

或許遠走是一條路，但卻近得讓人無法跨越。或許眼前是一個答案，但卻遠得讓人無法捕捉。挺立在烈日下的菩提樹影，有著自信的驕傲，可以抵擋住謊話連篇。真情從零開始，不需編造太多的枝節，簡單一條路，我將陪你一起走過。

沒說的加班滋味

再一眼夕陽的餘暉
溫存鹹鹹的海風
海風追緝著漏網的青春
攀附著橘紅色的線索
逆光中有黑色飛翔剪影
能淡出視覺的封存嗎？

再一眼海灣的弧線
圍堵著振翅的遐想
魚船追捕落跑的飛吻
沿著細眉色的海平線
順光中的柯南出任務
能找回癡心的 1990 嗎？

沒說的浪濤襲捲而來
不想閃躲的是一輩子的關心
打濕了鮮明的角色扮演
文青的寂寞很饑渴
不斷地撲向海
吸附著沒說的加班滋味

黑是機會、紅是命運，命運曲曲折折，無法截彎取直，無法跨越的生命曲線，微分是接近你的手法，切點是貼近彩虹的軸心。咖啡裡慢快門的節奏，有著耐人尋味的心事的段落，拍子拉得很長很長。

為了青紅皂白，加油添醋總是有的，喜歡是幸福，被喜歡是莫名的幸福。與陽光擁抱，溫度是幸福的泉源，環繞遠處的是山，拉近是澄澈的青藍，拉遠是光影流動的淡藍，椰樹出岫於倒映水田的身影，波光粼粼，如夢幻般在水面上靜靜演奏，是這樣的勾人心弦，恬靜迷人。

明眸貝齒，你叫什麼名字？這是不能說的秘密，要猜，用心猜出上天給的密碼。本能似地盤旋在癡情的上空，不斷地重複著眷戀的頭髮、肩膀、側臉與明眸貝齒，你叫什麼名字？咖啡、咖啡杯，手心握著情人的餘溫，不懼周遭的嘮嘮叨叨，只為感受咖啡的溫度、你的溫度。

重溫你的溫柔是奢侈的享受，圈養著小小的幸福光芒，回憶發酵了，舌尖苦轉化成愉悅而輕盈的情節，文字裙襬飛揚，翩翩起舞。

母語

把叮嚀削成薄薄的雪片
撒向天際
星花
永遠亮麗

時間往回推，能驚醒多少夢中人，時間再一回，劇情能重新編寫嗎？明白上天詮釋的意義嗎？或許是一道難題，簡單卻不易解開。錯過稻田裡的拾穗背影，還能複製童話中的影像嗎？人總在失去中悔恨，從後悔中追念，緬懷徒增不捨，卻無法挽回這自然的定律。

夜黑了，思念歌曲重重地拖了拍，轉 KEY 後，千百摺的思念，能勾起月光的憐愛嗎？

耐人尋味的絲絲入扣，那個味道跟拍許久，想記牢卻始終無法保存。想起，總在別離後，想說，只能對著記憶裡的畫像傾訴。

千山萬水，我走入她告別的年代，銀戒，生前的叮嚀，來世的未知不可知，路，來了總得自己去踢踏。迂迴路徑轉個彎，我又來到宇宙銀河的路口，眼神掃瞄一遍，能做的只有定存撒下的星光，想著昨晚小偷偷走了黑夜，卻忘記將唇印留了下來。世間情，世間緣，流星劃過生命天空，幸運留下幸福的分秒影像，重複撥放三十年的情與緣，那道光打在胸口內的心坎，母語，晶瑩剔透，閃耀著慈愛光輝。

今天

發燒的溫度觸發相機的快門鈕
鎖不住一念之間衝動
不聽使喚的腳，辦不到，忘不掉
昨天明天的交接處，有著分秒花開的悸動

夢的交接處是藍天青山，是不同色系的撫慰
亂中有序的笑容，嘗試性地窺探陽光的深淺
列車下的軌道，承載著旅程末班你和我
鐵軌隱瞞著多少寄放的伸縮，多少眉頭的冷暖

夢的歇腳處是紅花綠葉，是不同對白的無痕
山稜間繚繞著行雲流水，身不由己的喜歡
空氣呼吸記憶中的每句「櫻」聲笑語
陽光是理所當然的青春

九個月沉澱後的春季
感情開天窗，熱風灌入時間裡
地平線上與櫻花同框
閱讀著層次分明的一往情深

今天的風沒有一絲叛逆，膽量就先收藏起來。故事有了眉角，害羞的空氣收起了靦腆，空氣中瀰漫著自由的溫暖顆粒，化身為興奮的觸媒，將情緒轉化成能量，釋放出無與倫比的情感，將風景故事一一催熟。

無法選擇下不下雨，無法預測下不下雨，疲倦的話，轉身去追蹤那雨中的心跳，那是具有複雜的美麗律動，聽懂了這弦外之音的避雨方式，撐不撐傘已不重要。眼前依舊是細雨霏霏，空氣中瀰漫著濛濛的夢幻顆粒，你說這是幸福泉源，喝下，可以阻擋流言重傷。而輕輕微笑，是一種媒介，觸動了幽默口吻，遠方的海，慢慢浮現出微笑的弧線。

原子筆

從光陰的隙縫　穿梭而來
帶著前世的憧憬　尋覓今生的綠洲
自火山的瞳孔　汩汩細流
盛裝古代情愫　探索現代的紅塵

河水　流啊　流啊
翻越那崎嶇蜿蜒的石礫
青草　長啊　長啊
征服那罕無人跡的南北

下雨了　才想起飛燕的美
下雪了　才想起蘇武的羊

從無怨來
帶無悔去
去找
夢

獨沽柔情一味，太硬的話梗不好消化，忙進忙出裡，尋找忙裡偷閒，窄窄長長的時空隧道，光和空白承載了你我，誰是光？誰是空白？命運的肌理，看得透，就能明白神學哲理的慧性。青春在筆尖歲月裡舉足輕重，戀愛是一門學問，但和大多數其它科目一樣，分數有高也有低，衝撞過後，血液裡的年輕基因，會慢慢蛻變成數理的樣貌，但終究得長時間熟成，無法一蹴可幾。

按下生命的快進鍵，篩選瀟灑活一回的片段，要參悟不易，那就選擇徹底放慢試試。把腳步調成蝸牛，腦袋裡想的是蝸牛漫步，爬著體驗，把什麼都了做一輪，奇妙似的像流水，無法理解的會變成理所當然，你在執著什麼呀？你在煩惱什麼呀？月有陰晴圓缺，關了時間的讀秒器，彩虹從雨水中活了過來。

細長的軀幹裡住著文青鐵漢柔情，有著俠客般的慈悲義氣，佛道墨三家的哲理寓言，需要長時間的釀造與催化，才能從筆尖湧出千言萬語。道不盡的古往今來，氣質總在靈泉湧動中流香，在筆尖中遊走揮灑，串連為雋永的詩詞歌賦，慢慢品味，細細吟誦。

唇印

春夏縫製的情緒使胃袋漸漸飽滿
一把月鐮收割秋色
無獨有偶的期待
牽繫著夜裡的星空
昂首等待著星空信箱的詩篇
爬滿著楓紅點點

也許今晚巡曳的風景軌道
是另一處的塵埃經緯
北極星積蓄著歸來
歸來自完整的朱砂唇印

時間走得慢，無聊延伸很久，貧乏的停留，會讓孤獨間
隙變大，無法彌補的青春，像模稜兩可的猶豫，和踟躕
脫不了干系。花開花謝，讚詠、歎息，隨著花瓣的揚起
和落下，一次次，指尖彈奏著那動心的六根弦。吉他，
彈撥著似曾相識的惆悵，在支撐回聲的領域裡，是獨奏
還是陪襯，角色伴演——是前奏響起的不明白。

安撫著不安的回音，六根弦裡有一根線索，繫著情人裊
裊餘音。我和你相遇在西湖的東邊，又和你道別在西湖
的西邊，撫摸著怦然心跳聲，轉了兩圈的熱淚，止於那
長長又長長的弦外之音，那位置會讓孤獨收斂於明白。

春的癡戀

習慣戴上面具
偷窺春天的色彩與氣息
快感在耳邊竊竊私語
春天像霧一樣「謎」人

孤單飄泊久了
浪子總是想回頭的
看看家鄉的那棵油桐樹
聞聞那淡淡的白雪味道

雪太白，無法包裹心事
無力說出口的疲倦
眼皮不斷地掙扎
盼能有片刻溫柔的清醒
可以記得陽光的秘密

記得牢嗎？
這流動的顏料
這嫵媚的線條
這痞氣的噪音
如果沒有──
向光陰開個戶
存入這不可理喻的癡戀

經過一個冬季的沉澱，破繭而出的春天，口吻有著年輕的奔放，把紅花綠葉演唱得絲絲入扣，不是鏗鏘有力，而是風情萬種，撩撥心弦。杜鵑嘮嘮叨叨，只為感受你的溫度，互通的重複具有循循善誘，春風吹又生，習慣是為了承襲對你的眷戀。閱讀春天是必修的學分，和春天約會，則是閱讀的一部分，輕旅行是觸動浪漫條線的濫觴。

無獨有偶，天是藍的，海也是藍的，走出門，世界也是藍的。陽光任性的腳步和春櫻口風不緊，擾亂了一池春水，搞成春心盪漾。櫻花性感不可商量，杜鵑尺度也沒有打折，走出門，無框架的浪漫和有點草率的愛慕，在春的眼裡，我是透明的，幸福無所遁形。

改變命運運行航道的一個因素，就是收購另類情趣。春天耳根子軟，適合說三道四、拈花惹草，紛飛的花瓣就像美麗的眼淚，不宜忙著擦拭，就讓戀情持續發酵，陽光一轉，什麼大事也沒發生。

秋季翻牆聲浪

無關山水是非

三個月沖刷後的秋季

孤寂開了扇窗

冷風灌入時間裡

時間搬不動右胸的點點

風向依舊不明

雲霧沒有了界限

呼吸借用陽光片刻

溫暖紅血球 900 秒

楓紅主弦律三天三夜的翻牆聲浪

放縱於地表的青春震動

亂中脫序的笑容

嘗試性的潑灑畫布

風　抬頭挺胸

縮起孤寂小腹

歷史是時間的河，時間凝結成柱，鑿個洞，塞入文青詩
句，出口是藍色的軟調靈魂，是冷色調，冷色調的溫
柔。管不住呼吸頻率，就抬頭看看天上的星星，閃爍的
光芒透露出自然的顏色，那是眼前漂亮的情人星芒。管
不住心跳律動，低頭俯視地上的石礫，閃爍的光芒透露
出翡翠的顏色，那是彩虹七彩中的綠色冰種。臀部後方
的微笑線，透露出別出心裁的訊息，找不到寂寞的缺
口，無法為孤單下註腳，只好將不好意思的想法和不好
意思的想念，投擲於明天，和明天約會，會見思念的
你。

時間擱淺了，停滯的想念，踏不出青春的控訴，光與
影，晝與夜，對比線條切割出視覺的律動。昨天的明白
是今天預期，今天過去了，影子會陪伴在陽光的左右，
夕陽持續地燒出一片火紅，解決了心情上的反差。堤防
下的浪濤，捲起千堆雪的層次，堆疊出一張張的豐富記
憶，片段的，連續的，斑駁的，顯明的，無庸置疑的
是，拍攝位置很重要，定位自己的天空，生命照片就會
源源不絕，充滿饒富之感，按下堅定的快門，框住嫵媚
線條。

木棉

總想蒐集容顏
把笑靨碾成薄薄的記憶
以便隨時取閱

總想溶解浪漫
把笑舒展成淡淡的春天
以便振翼起飛

將山色渲染成朦朧的詩意
啊　美麗的蝴蝶
別忘了　將失落的葉影找回

沒有時間的管制，沒有空間的壓迫，幸福的釋放處在於
春天的木棉棧道，在亞洲最美的「林初埤」木棉花道裡
登場。隨著人潮的匯集，長長綿延二公里的黃橙走廊，
像是在記憶中抹上通俗的口吻，訴說著凡人中平凡的幸
福，也是旅程中最深刻溫暖的惦記。

從從容容，腳步踏勘著探險，未知的未知是一面驚奇的
面鏡，映照著亮點、漩渦。探索，才能發現跳出來的曖
昧場景，是堤岸的杜鵑，在翻來覆去的夢中披上一身粉
紅。走入木棉的歌聲裡，才能明白一切的劇情發展需符
合羅曼史的公式，因為今天是春天，適合將牽絆往外
推，閉上眼，風中搖曳花香，靈魂舒適而放鬆，我將牢
牢記住這抹芬芳，層層疊疊的裝箱入櫃。

沿著東方走，濛濛的感覺彷彿遇見矇著面紗的神秘女
郎，羊蹄甲深呼吸像深情一吻，女郎在薄霧中披上一身
粉紅浪漫，負心漢的膠框眼鏡後，迷濛眼神起伏跌宕，
在愈咀嚼愈有味的時間裡，心裡打個譜，春天，我要和
你約會，意志堅定。

電扇

避免痴心顫抖
三葉一心的組合
防震係數剛好為 10

每個微笑是 360 度自轉圓融
每個回眸是 180 度公轉巡邏
強制對流的氣息領域
波浪般擴展著微涼的聲線

情緒溫降之後
秀髮飛揚著烏溜溜神采
那夏日專屬的綠色頻率
傳情於林蔭間的共鳴

過了今天才能遇見明天
出清結束才能預約開始
風,自轉、公轉
轉動著不需防役的呼吸
戀曲闔上了眼皮

空氣暫時停止搖滾，用輕聲細語的噪音，吟唱山谷跫音。錯過今天彼此的眼神交會，在曖昧的白雲衝突帶裡待太久，需要蓊鬱的綠色欲望，才能勾起青春的第一象限，時間不需特別管理，主動追求開朗陽光，笑容是答案，以上皆對。

二點一線，串起相思的最短距離，從現在起，可以快速地將掌心的溫度傳遞給你。三點一面，鋪陳出戀情的範圍，從現在起，努力將點的距離拉近，期待戀情早日開花結果。生命裡最美角落在哪裡？透過風，風起雲湧捲起千堆雪，襯托出天藍山綠，眼前宛如是那一年浪漫白雪，浪漫如愛情，美麗就在當下。

電扇．

等你下班

月台上，你得說聲再見
為相知相惜暫時劃下句點
分明是感情的割捨
卻無法用熵來推導

車窗外，等待夢的回首
可逆的時間無法逆轉不可逆的年輪
累加的皺紋無法用減法去除
選擇，會讓河水出現紊流

暮色裡，一彎下弦月
勾起一段鈴聲
我聽著風
等你下班

時間六時零刻，被鈴聲追趕著，睡眼惺忪地刷牙洗臉，為什麼？肚子餓了就知道是為什麼。回想就職的第一天第一刻，怯生生的眼神，低八度的音調，唯唯諾諾地應答著，腰，鞠躬成 90 度，五斗米才能進入口袋，才能繼續唱起生命之歌。

上班是人生職涯起點，從此會有時間段落圈住 24 小時的三分之一到三分之二，生活會彩色嗎？是疑問句，但你得勇敢去面對，讓它成為鮮豔精彩的肯定句。時間被繩子綁架，生命開始進駐責任，肩膀需扛起一輩子的希望。

旅程高低起伏，道路曲曲折折，得順著陽光前進，才能穿越許多的黑暗障礙，這是通往幸福的測試，如同山上的岩石，需經過河流的沖刷、滾動、急流、淺灘，最後圓融圓滿地遇見海，海的寬廣與包容，這會是演繹精彩人生的終點站。

時間晚上八時兩刻，疲憊的雙眼，希望下班的鐘聲能快快來到。挺不直的脊椎，彎曲的弧線，這一天的柴米油鹽，得來不易。夜空中的一彎明月，在時間的臉龐裡投射出一道光，慢慢體會，你會找到喉嚨裡的靈感，慢條斯理地吟唱著，略帶成熟的歌曲，像修煉，修煉傳承。

晚霞

寫給山的卡片
忘了一句勇氣
於是我補上
黃昏的婀娜多姿

畫給水的卷軸
忘了一句告白
於是我補上
彩霞的溫柔嫺雅

寫給船的語彙
忘了一句靠岸
於是我補上
思念的綿延情長

無法沉澱出昨日的青春
於是我向朝朝暮暮借來晚霞
讓記憶微醺
放縱一下疲倦的寂寞

鮮豔的五顏六色，深刻的意象，晚霞很會說故事，海水出靈，山麓靜謐，天色寬綽有餘，奇幻變換的景色，進入化境。把晚霞輕輕搓揉，山水卷軸的一角，暗藏想念的細微皺摺痕，每條皺紋都是時間調製出的特別味道，品嚐慢火熬煮的人生歷練，臨大事，決大疑，豐富多層次的口感，需要歲月堆疊，無法一蹴可幾也馬虎不得。這是一頁簡單的食譜，少了時間調味，人生似乎少了一味，江湖味。

晚霞退去了，首當熟悉黑夜，無邊無際的寂寞，將在曠野中飄流，你眼底的心疼，將是指引心情呼吸的觸媒，月光亮起一盞明燈，撐開心靈的缺口，填補掌心的溫度，讓寂寞不再冰冷。

就這樣，金星承自維納斯的愛與美，是女神，是天上的太白，是月亮的姐妹，是青春的梳妝鏡。就這樣，聽風的腳步在耳朵響起一枚誠摯的期盼，期盼夜晚的星星，照亮著等待的方向，一片朝向光明，很亮很亮。

故事的另一面

故事的背面是空白的場景
太需要五顏六色了
才能填補無法排解的寂寞

二元相圖區域外的晶粒邊界
太需要析出了
才能強化緣分不足鑄成的缺陷

可遇見的春天
無法預知的山櫻花況
幻想做著蜘蛛的夢
網住你願意我願意

一切的假想都冀望穿過降伏點
真情會凝固成型
不再掛慮
虎克定律回彈變心

呼吸中一絲微微的心跳聲，摻雜著焦灼的豆漿味，熟悉的味道很難戒掉，很難戒掉這熟悉的家鄉味道。夢中的花蕊綻放著愛慕，遠距離的美感，近距離的衝突，心得報告裡得先有個譜，常理項的推理法則，無法抵擋口號式的吸引力，答案往往會跌破眼鏡，激情演繹，往往湮沒理智，求解 XY 二元一次方程式，有時答案不是科學而是情感。

大數據裡的大道理，大數據裡的小人物，理想與現實的拔河，生命與時間的拔河。時間，好不容易捱到日出的那一刻，可以將隱憂脫掉，時間，感覺那麼真實又那麼抽象。

勤做工，卻採不了花蜜，一切的已知與未知，都冀望時間是繩子，可以將不如意、不開心、挫折、絕望，通通綁起來，然後丟到焚化爐，化為灰燼。

無框架的愛有點草率，需將多情博愛篩選過濾，將春天的話語收錄起來，倚偎耳梢，可以聽到彩虹的想像，想像槓桿原理下的笑容是省力費時還是費力省時。是非不用分解，模糊是現在最好的答案。一道陽光穿越夢之林，吉他的弦音，慢慢奏起掌聲響起，響起我心交會的愛，心頭會熱起來，背後是另一個堅持的開始，堅持會燃燒心中的魂，故事會有熱度，有生命。

理髮

張目　滿山竟是瑟瑟的芒花
閉目　記憶在剃刀聲中不斷取景
張目　花謝草青　年輕漾在臉上

鮮明的角色扮演從頭開始，思念慢慢長出芒草，不管白天黑夜，芒草總是按照自己的步調跑著，跑到秋風瑟瑟的末段班，跑到草嶺古道的山徑上。一邊面向海，一邊倚靠山頭，俯視遠方一片湛藍的海，海無涯，情無邊，頭上的青絲變白髮，時間流動穿越時空的童年童話，儲存了意料之外的騙局，卻掩飾不了時光旅行留下的真心。仰角 60 度的告白，俯角 30 度的凝視，下了蠱的癡心和被芒草追趕的青春，是需要一座安適的城堡。

時間飛越了週六日，光陰不露痕跡地肆虐青春。一層一層的回憶包裹著蠶絲內的往事。回首，是千絲萬縷的老舊問題，向前，是娓娓道來的未知迴旋。夢想總是曇花一現，日子給了我不想要的答案，答案沒有療程，寂寞無言以對，交纏於手中的生命線，有著沒說的豐沛情絲，綁著飛不遠的風箏。

修理頭上的三千煩惱絲，情緒的反差會在鏡中呈現，反射出你我交會的眼神。花開花落，擋不住自然法則，景點沒有最美也沒有最好，一切就順著陽光的步伐，以放鬆加自由的混合角度，連結熟悉景觀前進。放眼望去，我的天空，青春亮麗。

插秧

天藍雲白
一畝田野
映著一抹雲彩

而我正在插秧
將一株株懷念
栽成一片思念矩陣

在行列之間
熟悉的蛙鳴
將抽穗出一串串美好的音符

而我總用心灌溉著你一絡一絡的秀髮
期盼　總像你的笑容
在夢田　開出滿眼的綠意

情緒無法調慢，時間無法調快，日出而作，日落而息。規律的按鈕，按下二十四節氣的驚蟄，雷聲四起，萬物甦醒，翻土鬆泥，萌芽生長。春分時節，俯身插植繽紛的心情，綠色系的舒眼程度很療癒，單純的畫面裡有著「汗滴禾下土」的故事，故事會隨著付出的心血漸漸熟成，那是難以言喻的稻香。

水田裡的藍天白雲，倒映蛙鳴情深，水田裡的間距矩陣，穿戴稻株翠綠，有框架裡的綠意植栽，會有溢出田埂的彩虹歌聲。阡陌上越來越深的微笑輪廓，蔓延著春天草香，用汗水慢慢灌溉，會長出來一個夢，一段故事，一串意亂情迷。流動的陽光，搖曳生姿，秧苗的嫵媚線條，將會抽穗出幸運的音符，有起頭有結尾，期待與知足相知相惜。

記憶裡的青澀童年腳步聲，沿著日出的方向，彎腰插秧，字行裡的時空背景，滄海桑田的對比音色，進入耳膜你才能明白，彷彿小叮噹，充滿無限可能，一首歌，質樸嗓音，放聲唱，五線譜上跳動著舒耳回音。

鬍子

才一天忘了整理
怎麼就長滿了草？

扎手　扎腳
失魂落魄似的
倒在寂寞的公路上

時間六時一刻，鬧鐘從生物的神經甦醒，沒有睡眼模糊的權力，生活的路通往夢的交接處。夢的交接處，是藍天，是同色系裡的堅毅帷幕，適合鋪設蠢蠢欲動。夢的歇腳處，是大海，無痕地包容著疲憊。世俗有眼光，我們是世俗人，太陽存在的意義在照顧好地球上的萬物，生命存在的意義在照顧好你我他肚皮的溫飽，領了號碼的人生，向前，對號入座。

沒離開過的寂寞遇到了絆腳石，翻不過圍牆，把笑容困住，向風借來高音，刮掉絆腳石上的青苔，修理迷途的恍惚。向前是青山白雲，向後是照後鏡的煦煦陽光，左邊的樹，右側的花，還有那散漫的風，吹動著心情的五線譜，哼唱著一個無法忘掉的影像。放縱每分每秒的思念，三天後會是雪白的聲線，豐沛的情絲包裹化不開的你我他。

耳朵容納了寂寞，眼睛容納了選擇，夏，回眸的一笑，蟬鳴總是會有著落的。

一首歌的時間

沒寫的加班，沒寫的內容
不知道是怕了誰，誰怕了
心坎底的事擱著，模糊月光焦點
朦朧會是思念的停駐點，會是
一片片回憶的聚集

在某段情緒微醺的當下
趁時間還能記錄
我偏愛的一首歌

一首歌的時間
吟唱著沒寫的加班內容

暗夜微涼，風輕輕掀起一場猜謎序幕，一種語言，字行裡埋伏著窄窄的感情。太平世界裡藏著黑天鵝，黑天鵝裡的內幕，是段淒美的公開故事，佔據了媒體大幅版面，想要一探究竟，點動游標的黑天鵝提示字，你會有不同的愛情對白。

夜裡有相似的遺憾嗎？消失的後來，是錯過的夜色？還是塗改過記憶中的黑線條？黝黑的世界裡，蟬鳴的歌聲將化成螢火點點，綴滿山腳下的城市，燈火輝煌的小星星，繼續孕育著紅塵世界中的浪漫物語。

一首歌，撩撥心中的弦，撩動髮絲的神經，療癒那起伏不安的情緒。一首歌，唱入心坎，有一種感動，會讓眼淚滾燙，連接心跳的悸動。一首歌，偏雄性的清亮嗓音，奮力唱著夏蟬的求偶歌聲，踏進戀愛指數 100 的感情世界，六月的到來，預告纏綿的熾熱，將加速血液裡的缺氧，螫了，像蜜蜂螫過，你才有那錐心的快感與領悟。

夜未眠，月光沉默不語，我輕啜著拿鐵咖啡的香味，倚靠微風的肩膀，重複一首歌的時間，繼續等待，等待愛情遇見相同的對白。

春的下半場

木棉樹下
守著飄下的最後一朵花蕊
有聲的墜落，無言的預告
預告生命即將迎來新綠

春走了一半，下半場仍有好戲
雙眼不停廣角掃掠
不要漏掉花開的笑容
那是一朵朵靈魂的招募

天空裡飄下一句對白
人生是無數個彎的迂迴
遇見誰？等待誰？
只有傻瓜才能堅守著時間的甜蜜
油桐花，會是下半場最美麗的約定

春風像柔軟的刀尖劃開濃郁的霧，頓時開朗般的情緒，滿眼是嫩綠的朝氣，轉角處的路旁有幾株老叢，捲起詩意般的淡紫色雪花，隱約中有一種味道，淡淡的苦楝花清香味，透露出苦戀愛人的心情。

當晨光漸漸升起於山巒稜線，上菜了，來了戶外，才知道一切的美好和一切的不美好都在同一張紙上，走入春天，自己去塗鴉，才能見證春天笑靨燦爛的美好。霧說散就散，櫻花、杜鵑、流蘇花、紫桐花，接續告白春天，甜言蜜語、五顏六色、花枝招展，不停地妝扮春天。

修煉生活，任日子漂泊，誰給我答案？終點、歸途，在柴火燃盡的剎那，誰能為生命畫下句點的完美？春的繽紛多情，讓我無法停下腳步，繼續向前行，採集花絮放入存摺裡，儲存著微笑的分分秒秒。陽光持續探索春的下半場，不夠用的時間，不夠用的腦袋瓜，閱讀春天，從油桐小徑，習慣關懷著雪花片片，孤單會落慌而逃。

雪

思緒明顯分了岔
心悸北回歸線以北
空氣打了幾個冷顫
遇上錯過的安靜
唯有傾心的 900 秒
始能偷窺世間片刻

感情明顯開天窗
胸悶南回歸線以南
水氣打了幾個噴嚏
碰到錯過的季風
放不開的 900 秒
故事老了始能熟悉

北回以北　南回以南
分離在冰點
傷悲翻雲而下
透明的淚　是白色的思念晶核

想念穿越形容詞的範疇，兩顆心的約定，相信與今天是感情的堆疊，勿忘我於梅林陣中等你，勿忘我於片片花香中待你，冷冽的空氣襯托出溫暖的話語，每一句都透露出孃孃的溫馨。陽光穿梭林間，明滅閃耀著幸福光芒，初雪已翩然降臨高山山頭，靄靄中透露融解固執，須要你溫柔的親吻，在某一個日子裡，烙下抒情味的容顏。

穿越史無前例的疲累和深處的責任包袱，請在我身邊，用向心力擺脫那酸楚的離別。冷空氣中的思念別具溫馨，這是深夜，夜深地讓人冷，意外清醒的神經，聽得清楚河流傾訴聲，我們是相遇於偶然的一葉扁舟，在銀河中探尋被埋葬的彩虹，那是一座橋，跨過了它，會在日記的空白處找到歸宿，為相思留下佇足，想念是有理的，理直氣壯地去為愛情找歸宿。

盤點

分離的漩渦
迂迴的記憶
還有巷弄老舊的雜貨店
餘溫翻不過圍牆
時間努力嚷著遺忘

看穿的擔心
執勤的深夜
還有眼角晃動的瞌睡蟲
投降忘不了的慌
盤點剩餘的月光

睏了
寂寞困住了寂寞

微笑是天然的青春防腐劑，讀雲是青春的必修課程。我在線條之路探索幾何輪廓，尋找楓林焦紅，不是跟著時下流行的星星故鄉追問，而是進入深秋林中翻閱槭紅。全面盤查落英處處，足跡有著落了拍的心跳溫度。遇見初來乍現的白雲朵朵，白雲話裡有畫，暗藏滋蔓之容，隨勢萬變，從紅葉繽紛到雲煙似海，思潮墜入無限景深中，楓葉的名字變得既熟悉又模糊。

無法模仿樹葉疏密諸多色彩線條，模擬樹木之姿態神采，不失為一權宜之策。突然的一陣雨，澆濕了色彩線條，渾然一片的遠山近水，分不清的疏離密切，畫風已迅速轉為氤氳抽象。分不清的世界裡有數不盡的分不清，朦朧之中內涵氣韻詩情，倦了，徜徉哲理之境，感性之美無境界。

尋找另一段旅程

安靜的時間晚歸後
被秋風裡的秋風喚醒
一秒一秒的情緒支出
兌換一張一張的心動儲存
倒數計時的自拍常數
會是記憶追逐的風景
是起點沒有終點

陽光燻紅了秋天的欲望
興奮的記憶嘗試窺探
來回的抹紅抹綠抹藍
白會是追尋旅行的一抹光
穿透背光裡的保護色
背叛的緣分離家出走
尋找另一段可能的旅程

愛情不開花，心情分了岔，埋在胸口的愁緒，一時之間難以抽離。放縱的風，脫韁野馬般的眼神，馬力 300 匹，0～100 米加速只要 3 秒，肆無忌憚地歇斯底里，讓沉默化為無邊界的吶喊，劃破了大氣層，在太空踽踽獨行，像是失了魂魄的洋蔥。訝異也罷，壓抑也罷，無緣的信紙，字行間的癡望，剎那間成為一種包袱，擦去，橡皮擦最好，最好擦去這段不該留下的記憶。

空氣中瀰漫著一股濃濃的懸吊詭異，我想勇氣是來自於太陽的明天，如同約定的升起，沒有理由，亦不需要理由。一封信紙，幾行的熱淚盈框，無數的起心動念，皆源自於保存偏執。遺憾總是從分手後開始，遺缺總難以用相片填補，百轉千回的夢囈，圍繞著翻閱、筆誤、釐清、混淆、撒嬌、哄你，落了空，空氣娓娓道出他們這輩子的每個故事，有喜有悲，毫不隱藏。或許，我最放不下的你、我、他，會是橡皮擦最難取捨的苦衷，來過，留下了透明的星空。

橡皮擦

黃昏沉默後，激情收斂於夜的黑
北極星的鋒芒刺入短髮裡的空白
折射出冷冽的風，卻吹不動腦神經

只好轉向一隻狗的獨吠
眾人皆非我類，你聽見了嗎？
一朵月光近在眼前，掛在天邊
眾人皆是我類，你看到了嗎？

歷史重複著起承轉合
繞著圈圈中那段落裡的字，很難有我半點墨跡
慧星沒有撞地球
幻想仍舊平衡在同溫層裡
孵育著點滴起伏

走不出的等邊三角形
北極星會是橡皮擦嗎？
是的，你還在等什麼？

你臉上愛情糾葛的排列組合，捨不得解開，卻讓我有一絲絲的掛慮，以至於眉宇間有股淡淡的哀愁，停止接受憂鬱捐款吧！

凌晨 4 點時徒步登上晨霧頂端，捕捉靈感。你不可理喻的美麗傲慢，在茫茫霧海繚繞中，就像是飄浮在天際的明信片，烙印宛如人間仙境的壯麗景象。後知後覺的我，不斷地從後悔中學習不要後悔，不要太多承諾，那是一種收不回的負擔，就讓風卸掉快瘋掉，就讓橡皮擦掉那放不下的標籤。勇敢挑戰轉換，轉換腳步習慣的步伐，外面的天空很療鬱，愉悅的風讓我震了一下，還多出一下神清氣爽。

外面賞櫻景點不計其數，但就數阿里山的櫻花令我難忘，鐵道旁，木棧道、豔紅的火車頭與沿線狂放的粉色風景，漫步、慢遊，無法停止眼睛快門，懷舊的氛圍，空靈的山嵐，腳步可以放慢可以重複，接受芬多精捐款吧！儲蓄滿滿的正能量，美景很舒壓這件事不需要質疑，讓眼睛的照片來敘述最是中肯。

擦亮溫柔

怎麼就突然颳起了風？
來不及與情緒妥協
心事突然被掀了開來
想你卻不知所措

怎麼就突然下起了雨？
來不及和焦慮和解
感情突然被淋濕了
戀你卻不知防疫

一發不可收拾的直率
直率地在身體上千刀萬剮
醉倒方知　那錐心的反芻

沒有藥的
像陀螺似的兀自轉著
淚了　累了　力氣散盡了
執著才能應聲倒下

總是痛過走過才能真心過
真心地看著　風來雲去
浩瀚蒼穹
像流星似的
短暫卻絢麗
擦亮　擦亮　溫柔

翻閱春天走過的阡陌，留下的是滿城花瓣，不留下的是滿眼流星。十指抓不住的溫柔，固執成了變數之一，未經風雨的洗禮，心境難以熟成，琥珀色的茶湯，蘊藏著歲月的沉默，沉默是金。翻開滿天星斗的夜幕，擦亮溫柔的記憶，喚醒沉睡的靈魂，夜色孃孃，自然造化，山水出靈，選擇放下，真情才能流露。

匆匆離席，來不及將尖銳留下，隔靴搔癢的這條街，無法止住寂寞的眼淚。綁不住相思的馬尾，散落一地的愁緒，想要風，風的大駕光臨，才能讓莫名的傷感，飄浮夜空中，那無窮大的懷抱有著無限遠的胸襟，可以放任撒嬌，幸福沒了邊際。

穗

記得昨日才揮汗撒下阿嬤的笑語
而今是溢眼輝煌的月色
我心底淌過的鹹水
也已沉澱出纍纍的核果

依稀是昨日的談話
一眨眼　抽了穗　成了金黃的期待
期待誰　將彎彎的月眉加以梳理
綴上太陽晶晶的眼神
把阡陌依次覽遍
而我澎湃不止的思緒
總浮閃著一把銳鐮
把稻花的天籟合聲
加以收割

遠處的山用藏青補足缺口，馬路兩旁的路肩，榕樹用黛綠補足缺口。你的缺口不是遺憾，我的缺口藏有真心，我們都是彼此的守護者，守護著不要讓真心變成彼此的遺憾。風，輕輕舞動著稻浪，稻穗越是成熟，越是謙卑地低著頭，收割美好，需要飽滿、需要低調。記憶裡傳來卡帶中張惠妹〈聽海〉的歌聲，時間老得很快，老到嚼不動山東饅頭，配白開水，將老梗一一浸泡成容易吞嚥的青春，將在乎的擔心燃燒為純粹的真心，真心擁抱每一天，每一刻。

4：3 比例拉成 6：3，遠處青山，眼前寬闊的稻浪，左右心跳快感的呼吸，急促又黏稠，蜿蜒曲折的田間路，瀰漫著兒時記憶的泥土芬芳，電線桿極少的畫面，乾淨的，清新的，安靜的故事內容，旅人轉動單車踏板，乘風而行，微笑默認這美好滋味，非誠勿擾。

白雲從眼前漫過另一個山頭，步履隨著太陽溫度急促起來，一塊塊結滿金黃稻穗的田野從眼角掠過，從田地的務農者變成拿著相機的旅行者，物換星移，角色似乎已經不是重點，路的盡頭藏著驚喜，風景裡藏著真心，得好好收藏。

淡淡三月天

春櫻花開的時候
我的記憶卡裡選擇存款逗留
每一頁的情感收入與支出
會是無法遮掩的粉色系
是旅人快門的焦點

藍天光臨的片刻
我的靈魂裡選擇凝視觀望
回憶來回播放著獨奏背影
會是無法埋藏的迷濛系
是旅人默契的交點

見面是躲不掉的緣
改變需從寬慰開始
橋段、花絮在光影中穿梭
沉默裡有著熟悉的氣息
淡淡三月香水味

走春探訪櫻花，不要急著讚美，追求思緒的延伸綻放，隨著河水輕盈腳步，每邁一步，是鳥語樹梢的低吟輕唱，每踏一步，是花香飄散的黯然流動，風將浪漫擴展到所有想念的角落，一步一腳印，沐浴在溫潤的春天裡。

輕露貝齒，陽光將微笑曲線拉長，慢慢習慣一個人賞櫻，不必有太多傷感聯想，哼哼唧唧屬於春天的歌。歌，唱來聽的；景，用來看的；生命，用心詮釋的。追不上風的速度，跑不過生命無常，當下，櫻花告訴我、微笑告訴我，自己的旅程要自個兒鋪陳，在河水轉彎處，會有不同的風景在緩緩上色，會有不同的故事在慢慢編織──用櫻花，五顏六色，繽紛璀璨。

主角是紅，貼心是綠，將天空襯托成藍藍的深情。

將時間慢慢抽離出來，孵一個夢、一段故事，有起頭無結尾，這個章節、這個旅程，請用不同的人生態度去探索分享，與四季對話，與自己對話。

夕陽

夕陽不會老
黃昏總在適時出現
這驚鴻一瞥
將醉滿整個海岸

粼粼波光　是你驚嘆的眼神嗎？
總想隨著你閃爍的浮標
引領我進入夢的故鄉
讓雲彩自由自在翱翔
然後　展翅撲向你
永恆的滾燙
夕陽不會老
夢依然年輕

不囉唆，夕陽理個平頭，有乾爽清淨的金黃，搭配色彩純粹的火紅，將今天的末班車緩緩駛向輕盈、凝望、遐想，駛向耐人尋味的窺探幻夢，這個綺麗畫面我將牢牢記住，純、真、美。

沒有太多理由，就是喜歡，晚霞是療鬱的最佳疫苗，常來可以增加身體的免疫力，打開大光圈，多曝露一些肌膚，吸收溫柔的餘韻，溫度裡藏著惦記密碼，我和霞光交換秘密，彼此坦承分享心事，將意亂情迷寫進回憶錄裡，黃昏有著可以預期的美麗和不可預期的芬芳，靈魂流連忘返。

願望裡有你美麗的身影，細細的河道，潺潺的流水，訴說著矛盾與拉扯，我用夜色武裝自己，怕深情會觸動眼角的悸動，一發不可收拾。月光在河裡，像流動的金黃顏料，閃耀著光芒，搖曳著為我們指路，轉個彎，眼前陡然一寬，就算時間倒轉也無法做的事，突然就出現眼前。

走是不走，改變運行航道的一個因素是空，世間是空，回憶才發酵、轉化成熱絡情節，飽滿了，像一輪明月。

離別

黑板上留下問句,誰是誰的朋友?
勇氣龜縮於袖口,問號就這樣留著
別了教室,一陣風舞動著思潮

鳳凰花的婆娑,勾搭於離騷
歌聲委婉沙啞,磁吸著寂寞

想去看海,卻不想被太多魚認識
沙灘上的足跡,分不清你我他
太陽曝曬離別的傷口,酸、嗆、鹹
勇氣於袖口探出,問號不等於句號
我感覺海水中,有著清醒的藍

腳步來到第一個路口，踟躕了半天，可以預期的明天和不可倒帶的昨日，生活迷惑了。長江、黃河，在中國人的血液裡，流動著風、沙，流動著歌、舞。DNA裡起伏跌宕中的風霜，愈咀嚼愈有味，總是能勾起那濤濤的民族響聲，哼一曲塞上風光，哼一曲英雄俠客，個性讓空間有了風格，慷慨讓激昂有了歸宿。

腳後跟沒有了方向，停下腳步，留一些時間，想你，藏你。留一些空間，收容具靈魂的夢想曲，可以遠，可以大。收藏總是需要下些功夫的，收藏了春天，春天容易銹蝕，難以保存。收藏了夏天，夏天太熱，藏不住真心。等到了秋冬，想要收藏高粱，高粱卻釀成了酒，醉臥月色，說好的幸福呢？只剩下妥協下的彬彬有禮。人一輩子總愛收藏些體驗，生活的點滴釀成了酒，飲了，五味雜陳。老了，五味淡了，失望總能勾起歷史的回顧，酒是需要一定的回顧才能做得好，醞釀出撲朔迷離的多層次醍醐味，飲了，渾然忘我。

找出一個舊有的餅乾鐵盒子，翻閱裡頭藏有的羞赧片段，拿出記憶中的彩虹，想起馬克吐溫說：人生最重要的日子只有兩天，一個是你出生那一天，另一個就是你知道自己要做什麼的那一天。

秘而不宣

白紙黑字間隙裡的光陰流露疲憊
一張張記憶秘而不宣

你說　聲色大於 1 就好
可以掩埋著一根刺的相思

土壤裡孵化旅人的夢蛹
灌溉四季的冷暖
破繭尚待風雨飄搖

夢，期盼著失焦
不再指腹為婚

來自於背影的線索，陽光站在手的右邊，搖擺不定的窺探，嗅不到耐人尋味的癡望，抉擇顯得不知所措，快門的節奏變短了，心跳拍子成為急促的霸凌，彷徨總是扮演著相同的虐心戲碼。移形換影的乾坤大挪移是模式切換的鑰匙，是轉移情境的魔術師，捕捉陽光灑下的嫵媚線條，描繪不可理喻的濃郁芬芳，柔風和水面切磋出一片碎裂的金光，辨識度極高的情竇初開，沒有懸念，只有持續地意亂情迷。

嘮嘮叨叨，只為感受你的溫度，夜幕低垂，深不可測的矜持縮影，暗藏糾纏玄機，不要一語道破，保持等距可以無限延伸說好的幸福，幸福無限。北極星光芒如鑽戒，戳破指間的荒謬和流言耳語，而改變習慣款式，需要勇氣，需要反覆練習，讓抱怨歸零，讓親暱一起入場，享受夜，裝幾盞星燈，和夜閒話家常。

霧

一身白紗　浪漫的身影將串成春天多變的音符
夢裡　你總是抱著一盆文心而來

淡淡的酡紅　是你羞赧的容顏
幽幽的清香　是你迷人的琴音

現在　你將乘風翩翩起舞
穿梭松林間　將山色渲染成朦朧的詩意

啊　美麗的新娘　在你似懂非懂的笑靨裡
風　是你唯一的依戀嗎？

春風像柔軟的刀尖劃開濃郁的霧，頓時開朗般的情緒，滿眼是嫩綠的朝氣，轉角處的路旁有幾株老叢，捲起詩意般的粉紅色雪花，隱約中有一種味道，淡淡的櫻花清香味，透露出迷戀愛人的心情。

眼神一闔一開間，意念匆匆、意念聒噪、意念反覆、意念安靜、意念靜止、意念出脫、意念黑與白隨著粉紅色雪花紛紛墜落、飛散。心開了岔，太陽熱烘烘，不用擬稿，不用叮嚀，一道光穿透雪之林，時間忘記地很快，重溫舊夢是溫柔的奢侈，奢侈得讓人無法疲倦。

隱藏時間背後的童年，總能襯托出時空轉變的幸福，花瓣墜落是自由的開始，開始拿著麥克風，深情唱著童話故事。春風攬住素人的細腰，吉野櫻笑得花枝招展，光影自由揮灑，旅人忙著將藍天、雲朵、綠蔭、自己、幻想和微笑，塞進腦海螢幕中，以便隨時點閱最美時光。

醉愛夢中人

左口袋裡是掏不出來的心跳聲
記憶銹蝕後
夢境的缺口始終無法讓月色靠岸
寂寞的線頭牽引著反芻的神經
抽痛一下是為了感受生命仍然存在
存在於線頭交纏的無助

右口袋的是掏不出來的呼吸聲
記憶婆娑後
等待是測試耐心的考試
0 與 1 的差距始終沒有收斂
需要補考嗎？

日　以白作答
夜　以黑對應
寂寞該往哪裡收？
月光將往何處放？

獨飲一瓶紅酒
記憶朦朧後
醉愛夢中人

時間壓縮地很緊密，抽不出一丁點的分秒，於是加入白雲，沖淡緊張，分秒是流動的顏料，勾繪出搖曳生姿的嫵媚春華。念舊，有著歷史包漿、溫潤的折光，斑駁的歲月銅鏽，有著迷人的時代軌跡，靠近，才能領略皺紋是夢想的熱情痕跡，築夢，就從流浪開始出發，探索陽光的單純美好。

看海時，放心流浪，地平線總會在需要的時候出現，帶來美麗的彩虹弧度。河水洗去了記憶，海洋卻記得它的每個出口故事段落，段落裡充滿相視而笑的走過。寂寞在等待隧道出口的那道光，打通需要空氣與陽光連線，黑暗的另一頭，總有最美時光，挖掘，需要最平凡的你和最平凡的毅力。

藍天摟著青山的肩膀，光陰存摺裡儲藏著你、我、他的情深義重，飲下滿滿思念，等待會是最美麗的風景，等待著相遇，在你最需要我的時候。

垂釣

我們來垂釣
你是魚　我是餌
你是欲　我是望
蜻蜓一點水
心悸在竿頭

我們來垂釣
你是月　我是星
你是山　我是水
我們來垂釣
這片山光水色

沒有了懸念，記憶會斷片，磁軌受不了燥熱的震動，身心靈的復健需要持續練習，練習閱讀山的顏色、水的味道。清晨，陽光緩緩張開翅膀，有溫度的翅膀，飛翔用輕聲細語，接續昨夜未完成的夢，開拍彩色映像，用柔風、用柔情和柔嫩的雙眼，定格慢板小調，定情漫無止境的茶青茶話。

白雲藏不住心事似的，將塊狀的糾結活生生地映在眼前的湖面上，一時間心情的迷惑是可以理解的，理解埋藏在眼角的酸甜苦辣。避免情緒在枝微末節打轉，讓風清唱一首雨後的森林，曲罷，仰首天空充滿清新藍色風味，俯瞰湖面水色，沒有半點漂泊漣漪。

我們來垂釣，用眼睛，用耐人尋味的草根，反復練習著亦莊亦諧的唱腔，一句交代都不需要，不需要清楚。清蒸是適合現在養生基調，沿著湖岸走，我們來散步，循著說好的幸福，好劇本，永遠重拍不完。

垂釣・205

鍊墜

掬粼粼波光
擷彩霞片片
用無怨青春
雕鑲成想念的「緣」

月色迤邐而來
星光逐月而至
砌成璀璨的鍊墜

而風
就在多稜的面影中
捕捉月的巧倩風采

而緣
就在眾口的詠贊中
一掛　竟是萬年

今晚，風少了根筋似的，將頭髮撥亂成散開的花瓣，就當作是滿天星斗，散播意亂情迷，顏料發酵著回憶，潑灑出璀璨情節，浸淫銀河裡，幻想流連忘返，金光閃閃，像星子們墜入夢幻湖裡，串成水晶鍊墜，切割面有著透明的冒險，是幸福也是責任。

不在遠方也不在身旁，不疾不徐的感情線，將想法整理得服服貼貼，像是一種說不上來的細節藏匿在北極星，需要仰望也需要探索，那已知和未知的交集，是一道眷戀的繩索，繫於那不曾間斷的淡淡思念。

圈住溫柔，圈住幸福，圈住那形單影隻的影子。因為彩虹的靠近，融化了孤單的偏執，花火綻放的剎那間，天空將堆滿期待的星光，像花園栽滿了各式的花，一次綻放，開出濃郁的溫柔與溫暖，像是願望一次佔滿了心室。

時間無法逗留，夜一覺醒來，一樣都沒有，沒有離經叛道，沒有曲解打轉，陽光步調一樣輕快，你我最大公約數會是流水淙淙的音色，匯集在五線譜上的 Do、Re、Mi。

等待的寂寞

情緒從白天晃到黑夜
風顧左右而言其它
水中的 π 自轉著
等待是漫長的寂寞

蒼穹有你難忘的倩影
眼瞳星芒似懂非懂
模糊了心事經緯度
π 是多情的 N 次方

眷戀從 X 座標逛到 Y 座標
曲線串起掌心的溫度
二元相圖裡的細胞核
深埋著思念的 DNA

時間解壓縮後
寂寞是漫長的等待
緣分何時歸來
疑問可有等值句號

夜苦候著月亮的心
愛情下線後
時間累了　睏了
寂寞一哄而散

等待是孤寂的，最消磨人心，那錐心之痛，時間最能了解，了解其中的糾心難解。

晚霞退去驚嘆號後，黑佔據了眼，一望無際的冥想旅程，在夜裡展開。未經雕塑的感覺，奔馳是快意的，快的難以駕馭。星在眼角點了光，芒在夜空裡閃爍，串成了故事銀河。

沒搭上愛情列車，旅程仍然在進行式，尋找軌跡，白天留下的波光殘影。

似是而非的念頭，似懂非懂，尋找是為了求解，答案是為了被求。生活沾染了風霜，閒情只能在夢中擁有，夜裡正是時候。高未見低之草莽，路見不平還是不平，視若無睹，難掩那股沛然之氣。

夢的掙扎，生活如魅影般常在心中徘徊。
寂寞最消磨人心，無法說的秘密是孤獨。

寂寞滿溢出儲存盒，沿著桌腳，流向沒有地址的今生，等待陽光，一哄而散。

戀愛的檔期

不上班的時候
時鐘調慢三個圈
慵懶的太陽光
擺渡「夢」到下個路口

不做夢的時候
泡一杯咖啡
甦醒的神經
快遞我的愛情限時信

小雨來的時候
思念站在背後
時間忘了上發條
戀愛排不出上演的檔期

時間壓縮地很緊密，抽不出一丁點的分秒，於是加入白雲，沖淡緊張，分秒是流動的顏料，勾繪出搖曳生姿的嫵媚春華。念舊，有著歷史包漿、溫潤的折光，斑駁的歲月銅銹，有著迷人的時代軌跡，靠近，才能領略皺紋是夢想的熱情痕跡，築夢，就從流浪開始出發，探索陽光的單純美好。

看海時，放心流浪，地平線總會在需要的時候出現，出現美麗的彩虹弧度。河水洗去了記憶，海洋卻記得它的每個故事段落，段落裡充滿相視而笑的走過。寂寞在等待隧道出口的那道光，打通需要空氣與陽光連線，黑暗的另一頭，總有最美時光，挖掘，需要最平凡的你和最超凡的毅力。

藍天摟著青山的肩膀，光陰存摺裡儲藏著你、我、他的情深義重，等待會是最美麗的風景，等待著相遇，在你最需要我的時候。

寶石金戒

天上繁星　落入關渡大橋
一眨眼　我就收到關愛電波
驚忪使我不知所措
不知將忐忑的心放在何處

於是我只好化作一道彩虹
鑲滿濃濃熱情
圈住那不經意的驚惶

時間到了，磁場漸趨於同個方向，緣字漸漸成型，等距轉變成了黃金交叉，關鍵的拼圖在於補足搞不清楚的那一塊，模糊可以擴大想像空間，少了理智的拘束，緣近了，套入緣，用繁星光芒，用彩虹鵲橋。

童話故事向下延伸，戀愛甜如蜜，思念的水是會回甘的，湖面上平靜無波，湖面下漩渦四伏，涉足了就不要急著逃回鎮上，生命需要的是冒險與衝動，撩下去，像是打開未知盒子，婚姻是閱讀盒子的鑰匙，開開關關，充滿驚奇與曲折。

【寶石金戒後記】牽手

翻開昨天的日記
故事源源從字行間鋪陳出來
攤開一大疊的回憶
細細尋找想你的蛛絲馬跡
陽光輕洩，不經意翻閱我倆小小的秘密
勾勾小指，蓋個章，不知前世，卻在今生相攜同行
收好今日的情緒
風風雨雨，從生活中一路走來
典藏一輩的情緣
慢慢修飾你的章章節節
月光覷覥，不經意打翻一罈醋
牽手的味道，甜中帶酸

國家圖書館出版品預行編目(CIP)資料

邂逅我的春天／辰啟帆 著.--
-- 初版. -- 新北市：集夢坊，
采舍國際有限公司發行，2020.1
　　面；　公分
　ISBN　978-986-96132-4-8（平裝）

863.51　　　　　　　　　　108016653

秋風起，微涼

星斗滿天

月勾起一串串相思眷戀

夢　懷孕了

孕育了滿眼詩情

辰啟帆

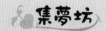

邂逅我的春天

出版者●集夢坊

作者●辰啟帆

印行者●全球華文聯合出版平台

總顧問●王寶玲

出版總監●歐綾纖

副總編輯●陳雅貞

責任編輯●林詩庭

美術設計●陳君鳳、吳宥娟

內文排版●王芋崴

台灣出版中心●新北市中和區中山路2段366巷10號10樓

電話●(02)2248-7896　　　　　傳真●(02)2248-7758

ISBN●978-986-96132-4-8

出版日期●2020年1月初版

郵撥帳號●50017206采舍國際有限公司（郵撥購買，請另付一成郵資）

全球華文國際市場總代理●采舍國際 www.silkbook.com

地址●新北市中和區中山路2段366巷10號3樓

電話●(02)8245-8786　　　　　傳真●(02)8245-8718

全系列書系永久陳列展示中心

新絲路書店●新北市中和區中山路2段366巷10號10樓　　　　電話●(02)8245-9896

新絲路網路書店●www.silkbook.com

華文網網路書店●www.book4u.com.tw

跨視界‧雲閱讀 新絲路電子書城 全文免費下載 silkbook●com